AF332248

LES
ORPHELINES DE VALNEIGE

DRAME EN TROIS ACTES

TIRÉ DE

GENEVIÈVE, DE M. DE LAMARTINE

PAR

MM. DECOURCELLE ET JAIME FILS

REPRÉSENTÉ POUR LA PREMIÈRE FOIS, A PARIS, SUR LE THÉATRE DU VAUDEVILLE, LE 7 DÉCEMBRE 1853.

DISTRIBUTION DE LA PIÈCE.

CYPRIEN, Paysan du Dauphiné. . . . . MM. Aubrée.	GENEVIÈVE, Orpheline. . . . . Mᵐᵉˢ Page.
GIRARD, son père. . . . . Chambéry.	JOSETTE, sa Sœur. . . . . Saint-Marc.
JEAN PITOU, Paysan. . . . . Schey.	CATHERINE, Coquette de Village. . . . . Bader.
PIERRE, Garçon de Ferme. . . . . Albert.	LA MÈRE BÉLAN, Tante de Catherine. . . . . Chambéry.
UN SOLDAT. . . . . Bastien.	LA MÈRE GIRARD. . . . . Castel.
LE PÈRE JÉROME, Facteur. . . . . Bachelet.	UNE JEUNE FILLE. . . . . Marie.

PAYSANS, PAYSANNES.

La Scène se passe dans le Dauphiné : aux premier et deuxième actes, chez Geneviève : au troisième, chez les Girard.

Tous droits réservés

ACTE I.

Le théâtre représente l'intérieur d'une boutique de mercerie. — Large porte au fond, donnant sur la rue. — A droite, un comptoir. — A gauche, une table. — Premier plan, une porte.

SCÈNE I.

GENEVIÈVE, puis JOSETTE.

(Au lever du rideau, Geneviève sort de la chambre de droite, un bougeoir à la main.)

GENEVIÈVE, *appelant.*

Josette !... Josette !... *(Elle élève le bougeoir à la hauteur du coucou, qui est en face.)* Comment, déjà sept heures ! et Josette n'est pas encore levée ? *(Elle souffle la lumière.)* Après ça, la pauvre enfant a dansé bien tard hier... Elle doit être fatiguée ; ne la réveillons pas. *(Elle prend un plumeau et se met à épousseter avec précaution.)* Etait-elle gentille, avec son petit bonnet blanc et ses bonnes couleurs roses ! Ah ! elle n'a pas dû manquer de danseurs ! C'est égal, ce n'est pas une raison pour dormir des huit heures de suite, comme une bourgeoise, et laisser tout l'ouvrage à sa sœur... Aussi, je vais un peu la gronder. *(Josette a ouvert doucement la porte de sa chambre. Elle regarde avec attendrissement Geneviève, qui marche sur la pointe du pied, pour ne pas faire de bruit. En époussetant, Geneviève fait tomber un escabeau.)*

GENEVIÈVE, *poussant un petit cri.*

Ah ! maladroite ! pourvu que je ne l'aie pas réveillée.

JOSETTE, *riant.*

Eh bien ! c'est comme ça que tu me grondes ?

GENEVIÈVE.

Tu étais déjà levée ? ah ! tant mieux !

(Josette a quitté la porte, elle entre en scène.)

GENEVIÈVE, *l'embrassant.*

Bonjour, petite sœur chérie.

JOSETTE.

Bonjour, grande sœur bien-aimée.

GENEVIÈVE.

Je ne te demande pas si tu as bien dormi.

JOSETTE.

Comme une paire de sabots !

GENEVIÈVE.

Et tu n'es pas trop fatiguée ?

JOSETTE.

Fatiguée ? et de quoi, donc ?

GENEVIÈVE.

Mais d'avoir dansé jusqu'à près de minuit ?

JOSETTE.

Est-ce que ça fatigue, la danse !... je suis toute prête à recommencer, va !

GENEVIÈVE, *riant.*

Oh ! je n'en doute pas !... Mais c'est aujourd'hui le marché, mademoiselle Josette ; les pratiques ne peuvent tarder à venir et j'espère que vous allez m'aider un peu...

JOSETTE.

Le temps de faire mes accroche-cœurs et je suis à toi ! (*Elle va se placer devant une petite glace qui est à gauche.*)

GENEVIÈVE.

A peine réveillée et déjà coquette ! Josette, Josette, je me fâcherai, tout rouge. (*En disant cela, Geneviève s'est posée devant un miroir à droite, qui est en face de celui de Josette. Elle se lisse les cheveux.*)

JOSETTE, *la voyant dans la glace.*

Eh bien ! qu'est-ce que vous faites donc là, mademoiselle ?

GENEVIÈVE, *un peu confuse.*

Moi ? rien, je... je relevais un peu mes bandeaux, voilà tout.

JOSETTE, *venant à elle.*

Dis donc, Geneviève, j'ai remarqué une chose : c'est que tu les relèves de préférence le samedi, tes bandeaux... pourquoi ça ?...

GENEVIÈVE, *troublée.*

Mais... parce que... parce que c'est le jour du marché et qu'il est bon d'être avenante, pour les pratiques !

JOSETTE.

Moi, je trouve qu'il est bon d'être avenante tous les jours.

GENEVIÈVE.

Ah ! toi, tu n'as pas de mal à te donner pour ça ; tu es si gentille, ma Josett !

JOSETTE.

Ah ça ! il paraît, décidément, que je suis très-gentille, moi ! Hier, à la fête, je n'entendais que ça de tous les côtés... Ah ! que je me suis amusée, va ! d'abord, je n'ai pas arrêté de danser ; j'ai dansé avec Pierre Pidot, avec Paul Varnier, avec Jean Simon... avec tous les garçons du pays, quoi ! Et, quand je les avais tous lassés, je dansais toute seule !... C'est si bon de danser... je ne me suis arrêtée qu'une fois !

GENEVIÈVE.

Tu n'en pouvais plus ?

JOSETTE.

Moi ? c'est le ménétrier qui avait les doigts sans connaissance et le joueur de cornemuse qui n'avait plus de souffle ! Ah ! j'ai joliment ri !... Mais , comme j'aime peu à rester en place, pendant qu'ils se reposaient, je suis allée du côté de la tonnelle, où on ne fait danser que des bouteilles. Y avait-là une bande de paysans de la plaine et de la montagne qui devisaient entre eux : les uns disaient que les filles d'en-bas sont plus belles que les filles d'en haut ; les autres disaient que c'est les filles d'en haut qui sont plus belles que celles d'en bas ; quand v'là Jean Pierre, le montagnard, qui se lève, en frappant son verre sur la table : « Les filles de la plaine sont toutes des vaniteuses et des mijaurées. » qu'il dit ! Là-dessus v'là Cyprien qui se lève aussi...

GENEVIÈVE, *vite.*

Cyprien !...

JOSETTE, *continuant.*

« Jean Pierre, qu'il lui dit, ce que tu dis-là n'est pas bien... « Y en a d'aucunes qui ne valent rien, c'est vrai... mais y en « a d'autres qui valent leur pesant de farines ; à commencer « par Josette et Geneviève, les deux orphelines de Valneige. » Alors, Jean Pierre a voulu pérorer... mais Cyprien lui a dit qu'il avait à lui parler en particulier... et ils sont allés causer sous les tilleuls.

GENEVIÈVE.

Ah ! c'est Cyprien qui a pris notre défense ?... et il ne lui est rien arrivé, n'est-ce pas ?

JOSETTE.

Rien du tout.

GENEVIÈVE.

Tu en es bien sûre ?

JOSETTE.

Dame ! puisque je l'ai revu sur la place cinq minutes après.

GENEVIÈVE.

Ce bon Cyprien !

JOSETTE.

A propos, Geneviève, pourquoi donc nous appelle-t-on les deux orphelines de Valneige ? On a tort, toi seule n'a plus de mère ; car moi j'en ai trouvé une autre... et cette autre, c'est toi !

GENEVIÈVE.

Chère petite !

JOSETTE.

Il n'y a qu'une chose qui me chagrine, c'est que nous ne sommes pas du même père ; il me semble que nous ne sommes sœurs qu'à moitié.

GENEVIÈVE.

Enfant !

JOSETTE.

Et puis, pourquoi ne sommes-nous pas de la même religion ?

GENEVIÈVE.

Ton père était protestant, on t'a élevée dans sa religion ; mais nous causons-là comme des bourgeoises et nous ne travaillons pas ! Allons, Josette, à l'ouvrage !... (*Geneviève se place derrière le comptoir et travaille à l'aiguille ; Josette va travailler près de la petite table à gauche.*)

GENEVIÈVE, *après un temps.*

Ce bon Cyprien !... comme il est bon, n'est-ce pas ?

JOSETTE.

Et brave donc ! tiens justement le voici !

(*Cyprien paraît à la porte du fond ; il porte le costume des montagnards du Dauphiné : guêtres de cuir, bâton ferré, le sac sur le dos. A la vue de Cyprien, Geneviève pousse un cri de joie. Josette s'élance à sa rencontre. Geneviève fait, pour l'imiter un mouvement qu'elle réprime aussitôt et reprend son travail.*)

SCÈNE II.

LES MÊMES, CYPRIEN.

JOSETTE, *se jetant dans ses bras.*

Bonjour, Cyprien, ça va bien... Oh ! comme tu as chaud et comme ton cœur bat ?

CYPRIEN.

Oui, c'est d'avoir marché vite.

JOSETTE.

Pourquoi t'es-tu tant dépêché ?

CYPRIEN.

Mais... pour arriver plus tôt.

JOSETTE.

Et à quoi ça te sert-il ?...

CYPRIEN.

A quoi... à quoi ça me sert ? je ne sais pas ! c'est une habitude que j'ai comme ça, de marcher vite quand je viens à Valneige, et de marcher lentement quand je m'en retourne... Bonjour, mam'zelle Geneviève.

GENEVIÈVE.

Bonjour, monsieur Cyprien.

CYPRIEN.

Ça va bien, mademoiselle Geneviève.

GENEVIÈVE.

Très-bien, monsieur Cyprien, je vous remercie et vous ?

CYPRIEN.

Moi pareillement, mademoiselle, vous êtes bien honnête...

JOSETTE, *qui est allée prendre quelque chose à la montre.*

Mon petit Cyprien, voilà le gilet que tu nous a commandé l'autre jour, oh ! c'est bien fait, va... c'est Geneviève qui l'a tricoté elle-même.

CYPRIEN.

Ah ! c'est mam'zelle Geneviève... je vous remercie mam'zelle.

GENEVIÈVE.

Il n'y a pas de quoi, monsieur Cyprien ; vous ne vous asseyez pas ?

CYPRIEN.

Je le ferai avec votre permission mam'zelle, et ça me seia agréable, si ça ne vous gêne pas.

JOSETTE.

Nous gêner, toi ?... allons donc ! nous en étions justement sur ton compte, quand tu es entré.

CYPRIEN.

Ah ! vous parliez de moi ?

GENEVIÈVE.

Oui, Josette m'a raconté la bonté que vous aviez eu de dire du bien de nous, hier, à la fête.

CYPRIEN.

Oh ! n'y a pas de bonté à dire ce qu'on pense, et ce qui est, mam'zelle ; c e n'est que justice et plaisir.

JOSETTE.

Dis-donc, Cyprien ; qu'est-ce que tu as dit à Jean-Pierre, une fois que vous avez été sous les tilleuls ?

CYPRIEN.

Moi ?... je ne lui ai rien dit.

JOSETTE.

Pourquoi donc qu'il n'est pas revenu.

CYPRIEN.

Il aura sans doute eu affaire... (*A part.*) chez le rebouteur.

GENEVIÈVE.

Voyons, Josette, finis ton travail et ne sois pas toujours à jaser, comme une petite pie.

JOSETTE, *reprenant sa dentelle.*

Oh ! la méchante sœur, qui me gronde toujours ! (*Un temps de silence. — Cyprien regarde Geneviève, quand celle-ci a les yeux baissés ; et, dès qu'elle le regarde, c'est lui qui baisse les yeux ; à la fin, il semble avoir pris une résolution ; il ouvre plusieurs fois la bouche comme s'il allait parler, mais il finit par garder le silence.*)

CYPRIEN, *faisant un dernier effort.*

Mam'zelle Geneviève !

GENEVIÈVE.

Monsieur Cyprien ?

CYPRIEN.

Savez-vous... savez-vous que voilà un gilet qui est finement tricoté.

GENEVIÈVE.

J'ai fait de mon mieux, monsieur Cyprien.

CYPRIEN.

C'est bien de la bonté à vous, mam'zelle. (*Nouveau silence.*)

CYPRIEN.

Il fait beau aujourd'hui.

GENEVIÈVE.

Très-beau.

CYPRIEN.

Il fait bon.

GENEVIÈVE.

Très-bon.

CYPRIEN.

C'est égal, on craint pour la récolte.

GENEVIÈVE.

Ah !

CYPRIEN.

Oui... les orges ont verdi trop vite et il est venu des gelées qui les ont mordues à la pointe... c'est mauvais, ça.

GENEVIÈVE.

Ah !

CYPRIEN.

Mais on compte sur les avoines ?

JOSETTE.

Ah ! on compte sur les avoines ? Eh ! ben, ça ne me fait bien plaisir.... pour les chevaux !

GENEVIÈVE, *sévèrement.*

Josette ! quand on ne parle que pour se moquer, on ferait mieux de se taire.

JOSETTE.

On ne peut donc plus rire, maintenant ?

GENEVIÈVE.

Assez !

JOSETTE, *la menaçant du doigt.*

Toi, je ne t'embrasserai pas de la journée, tu peux en être sûre... (*Elle se met à travailler avec une fureur comique.*)

CYPRIEN.

Je suis fâché que vous ayez grondé l'enfant à cause de moi, mamz'elle ; d'autant qu'elle n'était point fautive ; car il est bien vrai que le temps qui fait, l'avoine qui donne et l'orge qui refuse, ce n'est pas des sujets d'entretien avec des jeunes filles de la ville. Du reste, c'était pas ça que je voulais dire ; je voulais vous parler... j'voulais vous parler... vous savez bien, du vivant de votre mère ? quand elle nous lisait le soir, à la veillée, quéqu'une de ses belles et honnêtes histoires ? moi, j'étais assis sur mon sac, auprès de son lit... à côté de vous, mamz'elle Geneviève ; et, ces jours là, le temps passait vite pour moi, allez !

JOSETTE.

Et pourquoi donc passait-il si vite ?

CYPRIEN.

Pourquoi ?... mais... parce qu'elle lisait fin bien, vot' pauvre mère ; ah ! elle lisait fin bien !... (*Nouveau silence. Cyprien fait des zig-zags sur le plancher avec la pointe de son baton ; Geneviève travaille avec une ardeur exagérée.*)

CYPRIEN, *après une pause.*

Mon... mon père... le père Girard, vous ne le connaissez pas, mamz'elle Geneviève ?

GENEVIÈVE.

Non, monsieur Cyprien, je ne l'ai jamais vu.

CYPRIEN.

Ah ! c'est un bien brave homme, allez ! et ma mère est une brave femme aussi.

GENEVIÈVE.

Je n'en doute pas, Monsieur Cyprien.

CYPRIEN.

Et c'est déjà beaucoup, quand les parents du jeune homme sont de braves gens, parce que... parce que... Tiens il est déjà neuf heures !... Alors, je vas m'en aller. Adieu, mamz'elle Geneviève.

GENEVIÈVE.

Adieu, monsieur Cyprien.

CYPRIEN.

Merci de m'avoir laissé reposer, mam'zelle : ah ! j'étais las ! mais c'est passé. (*Il remet son sac sur le dos.*) Allons, adieu, mam'zelle Geneviève.

GENEVIÈVE.

Adieu, monsieur Cyprien.

CYPRIEN.

Adieu ! (*Il remonte.*)

JOSETTE, *criant.*

Adieu, Cyprien !

CYPRIEN.

Adieu, Josette ; adieu, mam'zelle Geneviève. (*Il sort lentement.*)

SCÈNE III.

GENEVIÈVE, JOSETTE.

(*Un temps de silence.*)

JOSETTE, *s'approchant et regardant sa sœur d'un air qu'elle tâche de rendre forcée.*

Hou !... mauvaise ! as-tu été assez mauvaise pour moi... et ce pauvre Cyprien, qui a l'air si heureux quand il nous voit, tu ne lui parles que par oui et par non : ça te déplait donc qu'il vienne ici ?

GENEVIÈVE.

Oh ! non.

JOSETTE.

Et puis, c'est qu'il est joli garçon, au moins... il a de beaux yeux... il a de beaux cheveux... et bel homme !... Tiens, le voilà qui revient.

CYPRIEN.

C'est encore moi, mam'zelle... faut pas m'en vouloir... c'est qu'en posant mon gilet sur le comptoir, pour aller prendre mon bâton, je l'ai oublié, le gilet... et je viens le rechercher. (*Il pose son bâton près de lui.*) Là, comme ça, je suis sûr de ne pas le perdre. Adieu, petite Josette ; adieu, mam'zelle Geneviève, excusez-moi. (*Il sort en soupirant.*)

SCÈNE IV.

GENEVIÈVE, JOSETTE.

JOSETTE.

Qu'est-ce qu'il a donc Cyprien? Quand il arrive, il est toujours gai comme pinson ; quand il s'en va, il a l'air d'un hibou ?

GENEVIÈVE.

Tu crois, je n'ai pas remarqué.

JOSETTE.

C'est pourtant gros comme une maison... Dis-donc, Geneviève, est-ce que le beau montagnard n'aurait pas laissé son cœur dans la plaine, et pas loin de chez nous ?

GENEVIÈVE, *troublée.*

Je... je ne sais ce que tu veux dire.

JOSETTE.

Vraiment ? Eh bien, pour parler clair, je crois qu'il en tient pour toi.

GENEVIÈVE, *travaillant et s'efforçant de sourire.*

Folle ! tu oublies que monsieur Cyprien a du bien et que nous sommes pauvres.

JOSETTE.

Oui, mais en revanche, tu es jolie ; et je ne serais pas étonnée...

GENEVIÈVE, *se levant.*

C'est assez parler de ça ; voyons, travaille ; ça vaut mieux que de dire des choses absurdes... (*Soupirant.*) impossibles.

JOSETTE.

Tu ne veux plus causer nous deux ?... soit ! je parlerai toute seule... Tiens, je vas me raconter une histoire... Il était une fois une jeune fille bien honnête et bien sage, qui était aimée par un garçon bien sage et bien honnête. La jeunefille n'avait rien, le garçon avait de quoi... alors. le garçon, qui n'était pas bête, se dit comme ça... Elle est pauvre et je suis riche ; eh bien ! j'vas l'épouser ; ça fait que nous serons riches tous les deux ! là dessus... Tiens ! voilà encore Cyprien ! je parie qu'il vient domander ta main.

SCÈNE V.

LES MÊMES, CYPRIEN.

CYPRIEN.

C'est toujours moi, m'amzelle... je ne sais pas ce que j'ai aujourd'hui... Tout-à-l'heure, en prenant mon bâton, j'avais oublié le gilet; cette fois, c'est en prenant le gilet que j'ai oublié mon bâton ; et, la preuve c'est que le voilà. Excusez-moi, mam'zelle... Adieu, Josette, adieu. mam'zelle Geneviève ! (*En se dirigeant vers la porte à reculons, il se heurte contre Catherine qui entre.*)

CATHERINE.

Aie ! faites donc attention... Tiens ! c'est vous, monsieur, Cyprien... Bonjour, monsieur Cyprien.

CYPRIEN, *bourru.*

Bonjour, mam'zelle, bonjour !

CATHERINE.

Je vous demande pardon de vous avoir parlé si brusquement ; je ne savais pas que c'était vous... je ne vous ai pas fait mal ?

CYPRIEN.

Aucunement ! serviteur. (*A part.*) Elle me déplaît, celle-là. (*Il sort.*)

SCÈNE VI.

GENEVIÈVE, JOSETTE, CATHERINE.

GENEVIÈVE.

Qu'est-ce qu'il y a pour votre service, mam'zelle Catherine.

CATHERINE.

Ma tante Bélan, sachant que je venais chez vous pour quelques emplettes, m'a dit de prier Josette de se rendre à l'atelier sur-le-champ.

JOSETTE.

Ça se trouve bien ; j'allais justement lui reporter de l'ouvrage... A revoir, sœur... (*A Catherine.*) votre servante, mam'zelle. (*Elle sort.*)

SCÈNE VII.

GENEVIÈVE, CATHERINE.

CATHERINE.

Montrez-moi donc des mitaines.

GENEVIÈVE.

Comment les voulez-vous, mam'zelle ; en laine, en coton, en lil ?

CATHERINE, *s'asseyant.*

Non, en soie ; j'ai la peau si délicate !

(*Geneviève va chercher un carton dans la montre.*)

CATHERINE.

Vous avez beaucoup vendu aujourd'hui ?

GENEVIÈVE.

Pas jusqu'à présent , mais il n'est pas encore tard.

CATHERINE, *tout en essayant ses mitaines.*

Y a-t-il long-temps que M. Cyprien se fournit chez vous

GENEVIÈVE.

Depuis que je suis établie.

CATHERINE.

Et c'est sans doute une de vos meilleures pratiques? car on dit qu'il vient souvent ici et qu'il y reste longtemps.

GENEVIÈVE.

Il vient tous les jours de marché... Pour le temps qu'il reste, je ne l'ai jamais mesuré, mam'zelle... mais il ne m'a jamais semblé long.

CATHERINE.

Il y a des personnes avec qui les heures passent vite.

GENEVIÈVE.

C'est vrai, mam'zelle, il y en a...

CATHERINE.

Vous êtes du nombre, mademoiselle Geneviève.

GENEVIÈVE.

Vous êtes bien honnête, mam'zelle.

CATHERINE.

M. Cyprien est aussi de ceux-là... Vous mettrez ces trois paires de côté. Maintenant, montrez-moi donc des collerettes.

(*Geneviève va prendre un autre carton.*)

CATHERINE, *continuant.*

C'est un beau et brave garçon au moins...

GENEVIÈVE.

Qui donc , mam'zelle ?

CATHERINE.

Cyprien, mademoiselle. (*Geneviève ne répond pas.*) N'est-ce pas votre avis ?

GENEVIÈVE.

Maudites collerettes !...

CATHERINE, *à part.*

Elle ne veut pas répondre.

GENEVIÈVE.

Ah ! les voici.

CATHERINE, *se levant*

(*Haut.*) Il n'y a qu'une chose fâcheuse , c'est qu'il ait des parents comme ceux qu'il a... vous les connaissez sans doute ?

GENEVIÈVE.

Les parents de qui, mam'zelle ?

CATHERINE.

De Cyprien , mademoiselle.

GENEVIÈVE.

Ah ! il s'agit toujours de... Non, je ne les connais pas.

CATHERINE.

Mon Dieu, ce sont de bonnes gens ; mais vous savez , les paysans sont intéressés , surtout ceux de la montagne, et il paraît que le père Girard est terrible ; croiriez-vous qu'il ne demande pas moins de huit mille francs pour son fils ?

GENEVIÈVE.

Ah !

CATHERINE.

Oui, ma fille, huit mille francs ! Sans cela, soyez jolie , honnête, économe, ça lui est bien égal !... voilà l'homme... Vous mettrez ces deux collerettes avec les mitaines, n'est-ce pas ? je les reprendrai en repassant... Sans adieu, mam'zelle Geneviève, sans adieu. (*A part.*) Je ne suis pas fâchée de lui avoir dit ça. (*Elle sort.*)

SCÈNE VIII.

GENEVIÈVE, puis LE PÈRE GIRARD.

GENEVIÈVE, *seule.*

Ah ! les parents de Cyprien demandent tant d'argent que ça !...

Ils ont raison, après tout. (*Soupirant.*) Eh bien ! quoi ! c'est un malheur... (*Très-émue.*) Oh ! oui, c'est un malheur ! (*Elle pleure.*)

LE PÈRE GIRARD, *paraissant au fond.*

C'est-y ici la boutique à mam'zelle Geneviève, s'il vous plaît?

GENEVIÈVE, *tressaillant.*

Quelqu'un ! (*Elle essuie vivement ses larmes. — Haut.*) Oui, monsieur.

GIRARD.

Et c'est vous qui êtes mademoiselle Geneviève?

GENEVIÈVE.

Oui, monsieur, pour vous servir.

GIRARD.

Ah ! (*Il la regarde.*) On m'a dit que vous étiez bien assortie de mercerie et de coutellerie?

GENEVIÈVE.

Je le crois, monsieur.

GIRARD.

Eh bien ! je voudrais une demi-douzaine de serpettes?

GENEVIÈVE.

Asseyez-vous, monsieur, je vais vous en montrer.

GIRARD.

Merci, je ne suis pas fatigué.

GENEVIÈVE.

En voici, monsieur.

GIRARD.

Combien que vous vendez une serpette comme ça?

GENEVIÈVE.

Dix-huit sous, monsieur !

GIRARD.

Plaît-il?

GENEVIÈVE.

Dix-huit sous... Est-ce que vous trouvez que c'est trop cher?

GIRARD.

C'est pas ça ! c'est qu'au bout de la rue, on m'a fait vingt-deux sous les pareilles.

GENEVIÈVE.

C'est possible.

GIRARD.

C'est donc des voleurs, au bout de la rue?

GENEVIÈVE.

Je ne dis pas ça !

GIRARD.

Alors, c'est vous qui n'y entendez rien?

GENEVIÈVE.

Je vas vous dire, monsieur, la maison, dont vous parlez, ne fournit pour ainsi dire que les riches bourgeois et les fermiers, de sorte qu'elle est à même de vendre un peu plus cher... Tandis qu'ici, l'on ne vend guère qu'aux pauvres gens, alors, il faut se contenter d'un petit bénéfice, pour ne pas trop les fouler.

GIRARD.

Ah ! c'est pour ne pas fouler le pauvre monde que vous vendez à meilleur compte? vous êtes une bonne fille, vous.

GENEVIÈVE.

Oh ! monsieur.

GIRARD.

Eh bien ! oui, vous êtes une bonne fille, puisque...

GENEVIÈVE.

C'est bien naturel.

GIRARD.

Je ne vous dis pas que c'est pas naturel, je vous dis que vous êtes une bonne fille.

GENEVIÈVE.

Monsieur est bien bon.

GIRARD.

Je ne suis pas bon, je suis juste.

GENEVIÈVE.

Monsieur est bien honnête.

GIRARD, *criant.*

Je suis juste, que je vous dis ! et, je le répète, vous êtes une bonne fille ; et une jolie fille, dà ! (*Il lui lève le menton.*)

GENEVIÈVE.

Oh ! monsieur.

GIRARD.

Ah ! nous allons recommencer ? je vous dis que vous êtes une jolie fille ; et, à mon âge, on doit s'y connaître, morguenne !... Et je peux dire ça ; sans que ça soit mal pris... Seulement, je vous trouve un peu palotte.

GENEVIÈVE.

Ah ! j'ai le visage pâle, parce que... mais ça ne vous intéresserait pas.

GIRARD.

Puisque je vous le demande, c'est que ça m'intéresse... dites voir.

GENEVIÈVE.

Mon Dieu, monsieur, quand j'étais enfant, ma mère était paralysée ; de sorte que je devins les pieds de ma mère et comme qui dirait sa troisième main. Vous comprenez que , tant qu'elle a vécu, je n'ai guère vu le soleil. Depuis qu'elle n'est plus, je travaille du matin au soir ; et comme j'aime mieux me donner un peu plus de mal, pour vendre un peu moins cher, je ne sors jamais, monsieur ; voilà pourquoi je suis un peu pâle, mais, grâce à Dieu, je me porte bien.

GIRARD, *toussant pour cacher son émotion.*

Hum !... réglons ! six serpettes à dix-huit sous, ça nous fait?

GENEVIÈVE.

Cinq francs huit sous, monsieur.

GIRARD.

Voilà... Je vous salue, mam'zelle. (*Il pose de la monnaie sur le comptoir et sort rapidement.*)

GENEVIÈVE, *seule.*

Quel homme singulier ! Il est bon, j'en suis sûre, et on dirait qu'il ne veut pas en avoir l'air. (*En disant cela elle a pris l'argent sur le comptoir.*) Oh ! mon Dieu ! une pièce d'or ! il se sera trompé ! (*Elle court à la porte de la rue.*) Monsieur ! monsieur !... il est déjà loin !... Monsieur ! arrêtez ! arrêtez-le !... oui, celui-là !... Ah ! des gens du marché courent après lui... Ils l'atteignent... Eh bien, il ne veut pas revenir ?... Ah ! on le ramène de force. Enfin !

GIRARD, *revenant conduit par des paysans.*

Ah ! ça, voulez-vous bien me lâcher, vous !

UN PAYSAN.

Mam'zelle a crié qu'on vous arrête et, morguenne ! vous viendrez !

GENEVIÈVE.

Ne le maltraitez pas ! Il n'a rien fait de mal. Mais j'avais besoin de lui parler.

LE PAYSAN.

Oh ! alors c'est différent, pardon, excuse, monsieur. (*Ils sortent.*)

GIRARD, *les poursuivant de la voix.*

Butors, savoyards ! (*Revenant à Geneviève.*) Ah ! ça, mam'zelle, me direz-vous pourquoi vous me faites donner la chasse de cette façon-la ?

GENEVIÈVE.

Je vous demande bien pardon, monsieur, mais parmi la monnaie que vous m'avez donnée...

GIRARD.

Il y avait une pièce fausse?...

GENEVIÈVE.

Non, il y avait une pièce d'or.

GIRARD.

Et c'est pour ça que vous me faites empoigner comme un voleur?

GENEVIÈVE.

Mon Dieu !... monsieur, j'en suis désolée ; mais pensant que vous n'étiez peut-être que de passage dans le pays, j'ai craint... enfin... v'là votre argent.

GIRARD, *changeant complètement de ton et d'allure et avec un sourire narquois.*

C'est bien de ça qu'il s'agit !... (*Lui tendant la main.*) Vous êtes une brave et honnête fille, Geneviève

GENEVIÈVE, *étonnée.*

Comme vous me dites ça?

GIRARD.

Et mon fils n'a pas menti ; vous ne tromperiez pas qui que ce soit.

GENEVIÈVE.

Votre fils? (*Commençant à deviner.*) Mais... qui est-il donc? je ne le connais pas, moi?

GIRARD.

Oh ! que si, que vous le connaissez ! et que lui, il vous connaît bien !

6

GENEVIÈVE.

Mais...

GIRARD.

Dites-donc voir, que vous ne connaissez pas Cyprien ?

GENEVIÈVE.

Cyprien !...

GIRARD.

Eh bien ! c'est mon fils, et je m'en vante ! et je suis son père et il s'en vante aussi...

GENEVIÈVE.

Ah ! vous êtes le père... (*Elle s'asseoit pour ne pas tomber.*)

GIRARD.

Vous croyez donc, qu'à mon âge, je ne sais pas compter jusqu'à 108, et que je donne comme ça mes coquilles ? que nenni !... le petit me disait toujours : « N'y a pas dans Valneige une fille plus honnête... elle ne surferait pas le monde d'un sou, pas même un passant !... — Bah ! que je lui disais, tu ne connais pas encore la manivelle; moi, je ne m'y fierais pas ! — Eh bien ! allez-y voir, qu'il me disait ! je ne la préviendrai pas, je ne lui dirai rien ; et, si elle vous trompe, ça me fera bien de la peine mais... Eh bien ! je ne l'aimerai plus. »

GENEVIÈVE, *d'une voix à peine distincte.*

Il m'aime donc ?

GIRARD.

S'il vous aime ?... mais nous n'avons jamais pu lui en faire seulement regarder une autre. « Je n'épouserai que Geneviève, qu'il chantait toujours ! — Eh bien ! contente-toi, que nous lui disons, sa mère et moi ; descends dans la plaine, fais ta cour et finis-en ! Alors, il partait bien résolu ; et, quand il remontait. — Eh bien ! qué que tu lui as dit, que nous lui demandions ? — Rien ! disait-il ; je n'ai pas osé... j'ai eu peur d'être repoussé. Et c'était toujours la même chose !... A la fin je lui ai dit : veux-tu que j'y aille, moi ? je verrai bien ce qu'il en est !...» Le paysan est malin ! et je suis venu ! j'ai glissé un jaunet sous le gros sous; et, si vous le voulez, cette pièce d'or m'aura acheté une belle-fille et à vous un bon mari...Vous... ne répondez pas ? est-ce que... est-ce que vous ne l'aimeriez pas, m'am'zelle ?

GENEVIÈVE.

Oh ! monsieur !

GIRARD.

Ah ! saperlote... vous m'avez fait une peur !... j'en sue encore !... Ainsi, vous aimez le petit ?

GENEVIÈVE, *très-bas.*

Oui.

GIRARD.

Et comment ça vous est-il venu ?...

GENEVIÈVE.

Je n'en sais rien. Cyprien est venu à la maison de tout temps, mais, à mesure que je grandissais, il venait plus souvent, je ne savais pas pourquoi, ni lui non plus, allez ; je ne pensais pas que je l'aimais moi-même ; mais je commençais à prendre un peu de vanité ; je m'habillais à l'air de mon visage et je me regardais souvent au miroir. Je n'avais pourtant envie de plaire à personne ; mais j'étais comme le petit oiseau qui se lisse les plumes, qui se caresse le cou avec son bec et se mire dans l'eau, bien qu'il soit seul dans sa cage... V'là toute l'histoire.

GIRARD.

Et c'est l'histoire de bien d'autres !

GENEVIÈVE.

Quant à devenir la femme de Cyprien, je n'y avais jamais songé, car je suis pauvre et l'on m'avait dit...

GIRARD.

Que j'étais un avare, un ambitieux, pas vrai ! Et oui, que je le suis, puisque je veux que Cyprien ait la meilleure ménagère du pays... et il l'aura, n'est-ce pas ?... Maintenant, mon enfant, il n'y a pas de temps à perdre ; d'ici à quinze jours, les neiges vont arriver et couper le chemin de la montagne; Cyprien va donc venir vous chercher tantôt pour les fiançailles... le suivrez-vous, Geneviève ?

GENEVIÈVE.

Je le suivrai.

GIRARD.

C'est bien, je me sauve ! car je suis sûr que le pauvre garçon est aux environs, attendant votre réponse ; et je ne veux pas retarder son bonheur ! Adieu, Geneviève; adieu, ma fille, adieu! ma belle et bonne fille ! (*Il l'embrasse et sort.*)

SCÈNE IX.

GENEVIÈVE, puis CATHERINE.

GENEVIÈVE, *seule,*

Est-ce que tout ça est bien possible, mon Dieu ! Quoi ! j'ap-prends du même coup que Cyprien m'aime et que je vais être sa femme ! Mais ne perdons pas de temps !... Voyons, qu'est-ce que je vais mettre ? C'est que je n'ai rien de prêt... j'étais si loin de m'attendre... j'aurais pourtant voulu lui faire honneur... comment faire ? (*Elle cherche dans l'armoire.*) Ah ! cette croix d'or, c'est lui qui m'en a fait cadeau l'an passé, à ma fête ; ce tablier de soie... c'est encore lui qui me l'a rapporté de la ville; en me parant de ce qu'il m'a donné, je suis sûre que je lui plairai bien mieux. (*Elle commence à s'ajuster, Catherine paraît.*) Ah ! c'est vous, mam'zelle Catherine !

CATHERINE.

Oui, je viens chercher ce que j'ai laissé ici.

GENEVIÈVE, *continuant de s'apprêter.*

Voulez-vous avoir la complaisance de le prendre, là... sur le comptoir... ce petit paquet bleu.

CATHERINE.

Ah ! je comprends ! vous voilà déjà trop grande dame pour servir le monde; il faut se servir soi-même.

GENEVIÈVE.

Oh ! vous ne pensez pas ça, mam'zelle Catherine. Mais vous savez donc déjà ?....

CATHERINE.

La belle malice ! le père Girard vient de le crier sur la place à monsieur son fils, qui a manqué en perdre la cervelle. Les gens du marché disaient bien que, pour tant faire que d'épouser une fille de la plaine, monsieur Cyprien aurait pu trouver de meilleurs partis... sans chercher bien loin... Mais allez donc parler raison à un homme qui brûle !... il courait comme un fou, embrassant tout ce qui se trouvait sur son passage ! N'at-il pas eu le front de m'embrasser aussi ! je te vous l'ai envoyé à quinze pas !

GENEVIÈVE.

Mais, mam'zelle Catherine !...

CATHERINE.

Enfin, c'est bon ! tant mieux pour vous, et surtout pour Josette, car m'est avis que l'air de la montagne lui vaudra mieux que celui d'ici.

GENEVIÈVE.

Mais elle n'est pas malade.

CATHERINE.

Oh ! je m'entends !

GENEVIÈVE.

Que voulez-vous dire, alors ?

CATHERINE.

Eh ! bien, je veux dire et je dis qu'elle est gentille; mais qu'elle le sait trop; qu'elle est toujours parée comme une châsse, tirée à quatre épingles et qu'elle aime trop la danse ; et la danse aurait bien pu lui tourner la tête d'abord, et le cœur ensuite.

GENEVIÈVE.

Oh ! c'est bien méchant, ce que vous dites là... Josette... ma sœur, l'innocence même !

CATHERINE.

C'est bon, c'est bon ! ne vous faites pas tant de mal, mais profitez du conseil et ne perdez pas la petite de vue ! Maintenant, voilà votre argent, et, soyez tranquille, n'y a pas de pièces d'or avec !

GENEVIÈVE, *qui s'est remise peu à peu.*

Tenez, mam'zelle Catherine, vous avez voulu me faire de la peine... mais je sais bien pourquoi et je n'ai pas la force de vous en vouloir.

CATHERINE.

Vous êtes bien bonne ! votre servante... Madame Cyprien ! votre servante !

(*Elle sort.*)

SCÈNE XI.

GENEVIÈVE, puis CYPRIEN.

GENEVIÈVE, *finissant de s'ajuster.*

Est-elle méchante cette Catherine ! Est-ce ma faute si mon Cyprien m'a tant regardée qu'il n'a pas eu d'yeux pour les autres... le voici.

(*Cyprien reste un moment dans le fond, puis il s'approche en tremblant et après beaucoup d'hésitation, il tend la main à Geneviève, qui lui donne la sienne.*)

CYPRIEN.

Vous n'êtes donc pas fâchée après moi ?...

CATHERINE.

Oh ! non !

CYPRIEN.

C'est donc bien vrai ce que le père m'a dit? vous consentez à être ma femme?

GENEVIÈVE.

Oui, monsieur Cyprien.

CYPRIEN, *suffoquant.*

Ah! sapristi, c'est fièrement bien à vous d'avoir consenti, car je vous aime bien, moi, allez! Le père vous a-t-il dit aussi que vu les neiges, on ferait les fiançailles, pas plus tard que... tout de suite?

GENEVIÈVE.

Oui, monsieur Cyprien.

CYPRIEN, *la regardant.*

Et c'est pour ça que vous avez mis ce tablier, et cette croix d'or! Ah! c'est une belle et honnête idée, ça, mam'zelle; est-ce que nous pourrons partir bientôt?

GENEVIÈVE.

Quand vous le voudrez.

CYPRIEN.

Ah! ça sera une grande fête au pays, allez! car il y a long-temps qu'on parle de vous! et ce matin, en voyant partir le père qui ne sort jamais, on s'est dit : Ah! il va ramener la Geneviève, c'est sûr!... et, à l'heure qu'il est, je parie bien que toute la jeunesse de Montagnol est sur le pont de bois à nous attendre! c'est là qu'on vous souhaitera la bien venue, mam'zelle; puis, les jeunes filles vous emmèneront en jetant des bouquets sur votre route et les garçons en tirant des coups de fusil... Vous n'aurez pas peur, au moins! (n'y a que de la poudre;) et puis, il y aura des danses; et encore des coups de fusils, et encore des danses! jusqu'à ce qu'on tombe, quoi! jusqu'à ce qu'on tombe.

GENEVIÈVE.

Josette va-t-elle être heureuse! elle qui aime tant la danse!

CYPRIEN, *un peu interdit.*

Josette?

GENEVIÈVE.

Vous l'aimerez bien, n'est-ce pas?

CYPRIEN.

Certainement que... mais... vous pensez donc qu'elle doit venir avec nous au pays?

GENEVIÈVE.

Sans doute!... Cyprien... est-ce que ce n'est pas votre idée?

CYPRIEN.

La mienne!... oh! si, mam'zelle, car vous savez bien que j'ai toujours aimé Josette, moi.

GENEVIÈVE.

Eh! bien?

CYPRIEN.

Eh bien c'est que ce n'est pas l'idée du père, ni de la mère.

GENEVIÈVE.

Comment?

CYPRIEN.

D'abord, la petite est un peu frivole, un peu vaniteuse; on a dit ça aux parents; et, vous savez, à la montagne, on est sé-vère, surtout les vieux.. Enfin, c'est une idée de la religion... Josette est née d'un autre père que le vôtre... et elle est pro-testante, pas vrai?

GENEVIÈVE.

Oui, mais...

CYPRIEN.

Eh bien... c'est que la mère ne se ferait jamais à quelqu'un qui ne serait pas de sa religion; je sais bien que c'est faiblesse chez elle, mais c'est comme ça.

GENEVIÈVE.

Alors, il faudrait donc abandonner Josette?

CYPRIEN.

L'abandonner!... oh! non, elle restera ici avec la mère Bélan, qui m'a promis de la prendre et d'en avoir bien soin : et nous viendrons la voir souvent.

GENEVIÈVE.

Oh! oui, n'est-ce pas? bien souvent!

CYPRIEN.

Toutes les semaines, si vous le souhaitez; et puis, voyez-vous, je suis sûr que la petite aimera mieux ça, moi... C't'enfant-là a toujours été dorlotée, ça ne connaît pas la peine; c'est pas comme vous, Geneviève!

GENEVIÈVE.

Oui, vous avez peut-être raison.

CYPRIEN.

Ainsi, vous ne m'en voulez pas?

GENEVIÈVE.

Non, Cyprien; d'ailleurs, ce n'est pas votre faute.

CYPRIEN.

Oh! non... Allons, je vais préparer le mulet, et je viendrai vous prendre dans pas long-temps... Vous serez prête, pas vrai?

GENEVIÈVE.

Je suis prête.

CYPRIEN.

A revoir, ma Geneviève! Oh! je suis heureux, moi, je suis heureux. (*Il sort.*)

SCÈNE XI.

GENEVIEVE, puis JOSETTE.

GENEVIÈVE.

Me séparer de Josette! ah! je ne m'attendais pas à ça... Je sais bien que la mère Bélan est une bonne femme et que la petite ne manquera de rien. C'est égal, ça me fait un drôle d'effet...

JOSETTE, *de la coulisse.*

Geneviève! Geneviève!

GENEVIÈVE.

C'est elle; allons, du courage!

JOSETTE, *entrant toute essoufflée.*

Ah! te v'là... je sais tout... tu vas te marier avec Cyprien! Quand je te disais qu'il t'aimait, je le voyais bien, moi! Ah! mais, c'est qu'elle a de bons yeux, la petite Josette!... Mais parle-moi donc! raconte-moi donc tout ça! D'abord, il va de-meurer avec nous, n'est-ce pas?

GENEVIÈVE.

Non, il reste à la montagne.

JOSETTE, *avec joie.*

Comment, nous allons demeurer là-haut? ah! que je suis contente! Quand est-ce que nous y allons?

GENEVIÈVE.

Mais, Josette...

JOSETTE, *sans l'écouter.*

Je serai fermière!... fermière!... j'aurai une jupe à grandes raies et un capulet bordé de velours! et des poules! et des moutons! et des canards! et, d'abord, je vais à la noce, à la noce de ma sœur! Oh Dieu! il me semble que j'y suis déjà!... tra, déri, déra, déri, déra! (*Elle se met à danser seule. S'arrê-tant tout-à-coup.*) Mais qu'est-ce que tu as donc, sœur, tu as l'air tout triste?

GENEVIÈVE.

Ecoute-moi, mon enfant : Oui, je vais être la femme de Cy-prien, mais à une condition qui me fait bien de la peine, va! c'est que j'irai seule à Montagnol.

JOSETTE.

Et bien, et moi?

GENEVIÈVE.

Tu resteras ici, ma Josette, avec la mère Bélan qui t'aime bien, qui aura bien soin de toi, et qui t'apprendra un état... Mais je viendrai te voir souvent, bien souvent.

JOSETTE.

Comment, tu me laisserais? tu aurais le cœur de t'en aller sans moi? sans moi qui ne t'ai pas quittée depuis que je suis au monde? sans moi qui ai toujours vécu près de toi, comme si j'étais ta fille? méchante! ô méchante! Mais si tu avais le cœur de faire ça, tu n'aurais pas la pensée de revenir ici ni souvent, ni une fois, va! Tu ne me retrouverais pas, je serais bientôt au cimetière, à côté de ma mère, et je lui dirais que tu m'as laissée toute seule, toi qui lui avais promis, à son lit de mort, de tenir sa place auprès de moi!

GENEVIÈVE, *à part.*

C'est vrai... mais Cyprien. (*Haut à Josette, en lui prenant la main.*) Voyons, Josette, réfléchis un peu; tu seras heureuse chez la mère Bélan... tu seras bien soignée, bien parée, bien nourrie; et, ici, tu ne mangeais pas toujours du pain blanc.

JOSETTE,

Qu'est-ce que ça me fait la couleur du pain? Ne me donne que du pain noir, si tu veux; mais ne me quitte pas, Gene-

viève, ne me quitte pas ! Est-ce pour me punir? est-ce parce
que je suis un peu vaine, un peu coquette? Eh bien ! je ne sor-
tirai plus, je travaillerai jour et nuit... je ne mettrai que de
vieilles robes, toutes reprisées. Et puis, je serai si sage, si
bonne, si soumise ! je t'aimerai tant, je t'embrasserai tant ! Oh !
dis-moi, dis-moi que tu ne me quitteras pas !

GENEVIÈVE.

Josette, tu me brises le cœur... Mais Cyprien a mon serment...

JOSETTE.

Un serment? tu n'en as donc point fait à notre mère mou-
rante? Oh ! je me rappelle bien tout, va ! tu crois peut-être que
je dormais? non, je ne dormais pas ! « Geneviève, qu'elle te
dit, je sens que je vais mourir; ne crie pas, ne pleure pas, mon
enfant, tu réveillerais ta petite sœur... Jure-moi sur la croix de
ton chapelet, que tu lui serviras de mère, et que tu feras pour
elle tous les sacrifices qu'une mère ferait pour sa fille. » Et tu
l'as juré, Geneviève ! tu l'as juré !

GENEVIÈVE, *après un combat*

Oui, et je tiendrai ma parole.

*(Sans rien ajouter, elle va au comptoir et écrit debout. — Un
temps de silence, pendant lequel elle écrit. — La lettre termi-
née, on entend des cris joyeux au-dehors.)*

SCÈNE XIV.

LES MÊMES, CYPRIEN, PAYSANS, dans le fond.

CYPRIEN, *à la cantonnade.*

Attendez-moi, vous autres... *(Il entre.)* Nous v'là, mam'zelle,
nous v'là ! moi, les amis et le mulet; le père est en avant, avec
les anciens; la route est longue, et le soleil marche vite, ne
perdons pas un coup de l'horloge !... *(Étonné.)* Eh bien ! vous
vous éloignez de moi, et vous ne dites rien ?

GENEVIÈVE.

Monsieur Cyprien... tenez... là... ce papier... prenez... c'est
pour vous.

CYPRIEN.

Un papier? pour moi?

GENEVIÈVE.

Oui... lisez !

*(Cyprien prend la lettre, la tourne un moment dans ses doigts,
en regardant Geneviève avec étonnement, puis il l'ouvre et la
lit tout bas. Après avoir lu, il fait un pas vers Geneviève,
ouvre la bouche pour parler, mais il s'arrête, relit la lettre de
nouveau, puis, il baisse la tête, essuie une larme et sort.)*

SCÈNE X.

GENEVIÈVE, JOSETTE, puis UN SOLDAT.

*(Quand Cyprien est parti, Geneviève se dirige lentement vers la
porte, et le suit longtemps des yeux sans dire une parole.)*

JOSETTE, *à part, qui l'observe avec inquiétude.*

Eh bien !... ils sont donc brouillés. *(Haut.)* Geneviève !

GENEVIÈVE, *redescendant.*

Ma sœur?

JOSETTE.

Cette rupture ne te coûte pas trop, n'est-ce pas ?

GENEVIÈVE, *l'embrassant, mais ne répondant pas.*

Mon enfant !

JOSETTE.

Tu ne le regrettes pas, bien sûr ?

GENEVIÈVE, *de même.*

Mon enfant !

JOSETTE.

Geneviève, tu ne me réponds pas; réponds-moi donc !

GENEVIÈVE, *de même.*

Mon enfant !

JOSETTE.

C'est que, vois-tu, si je croyais...

UN JEUNE SOLDAT, *paraissant au fond, uniforme des chasseurs
d'Afrique à cheval.*

Pardon, mesdemoiselles, pourriez-vous m'indiquer la maison de madame Bélan, s'il vous plaît?

JOSETTE.

C'est en face, monsieur, mais madame Bélan est sortie...
vous avez à lui parler?

LE SOLDAT.

J'ai un billet de logement à son adresse, voilà tout.

JOSETTE.

Alors, vous pouvez entrer, il y a du monde pour vous recevoir.

LE SOLDAT.

Je vous remercie, mademoiselle ! *(A part.)* Jolie fille. *(Sur la
porte.)* Jolie fille ! *(Il sort.)*

La toile tombe.

Fin du premier Acte.

ACTE II.

Même décor qu'au premier acte. — C'est un dimanche; un an
après.

SCÈNE I.

GENEVIÈVE, LA MÈRE BÉLAN, UNE JEUNE FILLE DU PAYS.

*(Au lever du rideau, la mère Bélan est en scène avec Geneviève. —
Une jeune fille entre au fond. — Chœurs de jeunes filles dans
la coulisse. — Tintement de cloche.)*

Chœur de jeunes filles.

La cloche tinte
Et jette au vent,
Comme une plainte,
Son triste chant.
C'est que la fleur de nos campagnes,
La joie et l'honneur du pays,
La plus jeune de nos campagnes
Est retournée au paradis.
Selon l'antique usage.
Allons porter, mes sœurs,
A l'enfant pure et sage,
Des larmes et des fleurs.

*(On ne chante que les quatre premiers vers. — L'orchestre joue
en sourdine le chant des huit autres, sur le dialogue.)*

PREMIÈRE JEUNE FILLE.

Oui, Geneviève, il y a aujourd'hui huit jours que la pauvre
Josette n'est plus, et nous allons, suivant la coutume, porter
des fleurs sur sa tombe, est-ce que tu ne viendras pas avec
nous ?

GENEVIÈVE.

Non, je ne pourrais pas, je n'en aurais pas la force. *(Pleurant.)*
Mais ce que vous faites-là me rend bien heureuse, allez !...

PREMIÈRE JEUNE FILLE.

Dame ! Josette était la vertu et la candeur même, et ce n'est
que l'usage.

LA MÈRE BÉLAN.

Allez, mes enfants; rendez honneur à la pauvre petite, si elle
a péché, elle a bien souffert.

PREMIÈRE JEUNE FILLE.

Péché? qu'entendez-vous par ce mot-là, mère Bélan ? Josette
n'a-t-elle pas toujours été une sage et honnête fille?

LA MÈRE BÉLAN, *un peu troublée.*

Sans doute, je voulais dire...

PREMIÈRE JEUNE FILLE.

Ah! c'est que, voyez-vous, il n'y a pas de grâce, ici; vous
savez, Thérèse, qu'avait manqué au devoir et qu'avait emporté
l'estime indûment; quand on a su ce qui en était, tout le pays
s'est porté au cimetière et on a arraché sans pitié les fleurs
qu'elle ne méritait pas.

LA MÈRE BÉLAN.

Je le sais; mais il n'y a pas de quoi se vanter de ça,
allez !

PREMIÈRE JEUNE FILLE.

Dame ! faut de la justice.

GENEVIÈVE.

La pauvre Josette est digne de vos couronnes, chères com-
pagnes ; allez donc fleurir son tombeau... Moi, je n'ai pas le
courage de vous suivre.

LA JEUNE FILLE.

Adieu, Geneviève !

GENEVIÈVE.

Adieu ! (*La jeune fille sort. — Reprise du chœur. — A la mère Bélan.*) Vous ne les suivez pas, bonne mère ?

LA MÈRE BÉLAN, *un peu embarrassée.*

C'est que...

GENEVIÈVE, *étonnée.*

Quoi donc ?

LA MÈRE BÉLAN.

Rien !... ça vous fera plaisir, n'est-ce pas ? eh bien... j'y vas aussi. (*A part.*) Et je crois que le bon Dieu n'y trouvera pas à redire. (*Elle sort. — Fin de la musique.*)

SCÈNE II.

GENEVIÈVE, seule.

(*Un temps de silence, les cloches continuent à tinter.*)

Pauvre Josette ! pauvre sœur adorée ! c'est donc pour te dire adieu que les cloches chantent si tristement !... Ainsi, je ne te verrai plus jamais, ma petite sœur; ah ! voyage maudit !... si j'avais été là, je ne l'aurais pas laissée mourir, moi ! je l'aurais si bien soignée ! J'aurais tant prié le bon Dieu qu'il aurait eu pitié ! Mais non, tu souffrais et j'étais loin de toi, et mon cœur ne me disait rien. (*Elle sanglotte.*) Mais je ne resterai pas ici ! j'y mourrais de peur et de chagrin. Allons, Geneviève, travaille, pour acheter à Josette une belle tombe, et, quand tu l'auras gagnée, tu t'en iras bien loin, n'importe où !... Oui travaillons, ça me fera oublier !... (*Elle reprend son ouvrage.*) Cette collerette, c'est Josette qui en a fait la dentelle, il me semble voir encore courir dessus ses petits doigts, qu'elle accrochait à mon cou pour m'embrasser ! (*Elle couvre la dentelle de larmes et de baisers.*) Ah ! je ne peux pas travailler, je ne peux pas ! (*Elle tient sa tête dans ses mains et sanglotte.*)

SCÈNE III.

GENEVIÈVE, CATHERINE.

CATHERINE.

Bonjour, mademoiselle Geneviève !

GENEVIÈVE, *se levant.*

Ah ! c'est vous, mam'zelle Catherine !...

CATHERINE.

Vous v'là donc revenue de voyage ?

GENEVIÈVE.

Depuis huit jours.

CATHERINE.

Ah ! oui; pour la triste cérémonie... vous êtes restée absente bien longtemps !

GENEVIÈVE.

Cinq mois.

CATHERINE.

Oui, cinq grands mois ! Ça a étonné beaucoup dans le pays, ce voyage-là.

GENEVIÈLE.

Dame !... on m'avait écrit de Paris que ma tante Raimbaut nous laissait une petite fortune en héritage et qu'on avait besoin de moi pour les affaires; je suis partie; mais ça n'a servi de rien... il s'est trouvé que les frais et les dettes ont tout pris; et c'est pendant ce temps là que ma pauvre Josette....

CATHERINE.

Allons, Geneviève, faut plus parler de ça.

GENEVIÈVE.

Vous avez raison, Catherine; ça ne sert à rien. Vous aviez quelque chose à me demander ?

CATHERINE.

Mon Dieu ! Geneviève, je ne sais pas trop comment vous dire ça, surtout à cause de la peine où vous êtes; et croyez bien que si j'avais pu trouver ailleurs, et si ce n'était pas si pressé... je ne me serais pas adressée à vous.

GENEVIÈVE.

Je ne vous comprends pas, Catherine, expliquez-vous ?

CATHERINE.

Eh bien... c'est... que je vais me marier ?

GENEVIÈVE, *souriant.*

Ah !...

CATHERINE.

Et j'ai bien trouvé chez Victoire, la robe, le voile, la couronne et le bouquet; mais je n'ai pu me procurer nulle part la ceinture et les souliers blancs... c'est pourquoi je me suis décidée à venir chez vous, malgré...

GENEVIÈVE.

Vous avez bien fait, Catherine; parce que les uns sont malheureux, ce n'est pas une raison pour les autres de retarder leur bonheur... je vais vous donner ce que vous demandez. (*Elle va ouvrir une armoire. — Pendant ce temps, Catherine s'asseoit. — Geneviève revient avec une paire de souliers blancs.*) Oh ! comme vous avez le pied mignon, Catherine ! ces souliers là seront trop grands, je vais en chercher d'autres. (*Tout en cherchant dans l'armoire.*) Je ne sais pas si je trouverai quelque chose d'assez petit !... Ah ! ceux-ci ! je crois qu'ils vous iront. (*Plaçant la semelle du soulier qu'elle tient sur celle du soulier de Catherine.*) On ne peut mieux ! maintenant, il vous faut une ceinture en satin, n'est-ce pas ? Je vais vous donner ça.

CATHERINE, *coupée, part.*

C'est drôle ! ça n'a eu l'air de rien lui faire, d'apprendre mon mariage; tant mieux après tout.

GENEVIÈVE.

Voilà du ruban; voyons ce qu'il vous en faut. (*Elle lui mesure la taille, tout en mesurant.*) Ainsi, vous allez vous marier bientôt ?

CATHERINE.

Dans trois jours.

GENEVIÈVE.

Et vous êtes contente, n'est-ce pas ?

CATHERINE.

Oh ! très-contente !

GENEVIÈVE.

Est-ce que votre fiancé est de chez nous ?

CATHERINE.

Comment ?... vous ne le connaissez donc pas ?

GENEVIÈVE.

Mon Dieu, non ! Vous savez, depuis mon retour, je n'ai pas vu grand monde et je ne songeais guère à demander ce qui se passe... Vous dites donc que je le connais ?

CATHERINE, *embarrassée.*

Mais... oui.

GENEVIÈVE.

Il est de Valneige ?...

CATHERINE, *de même.*

Non... il est de... là haut...

GENEVIÈVE.

Ah !... de Villeneuve, de Saint-André ?

CATHERINE.

Non... il est de Montagnol.

GENEVIÈVE, *tressaillant.*

De Montagnol ! et... il se nomme ?

CATHERINE.

Tenez, Geneviève, ne m'interrogez pas ! je pensais que vous saviez déjà... sans ça, croyez bien...

GENEVIÈVE.

Cyprien !... c'est Cyprien !... (*Elle s'appuie d'une main sur une chaise, et elle comprime son cœur de l'autre main.*)

CATHERINE.

Geneviève ! vous souffrez ?

GENEVIÈVE, *se remettant.*

Moi ? non... je n'ai rien; que voulez-vous que j'aie ?... (*Coupant le ruban.*) Voici votre ceinture, Catherine; les souliers pour vos petits pieds; et, si vous avez encore besoin de quelque chose, disposez de moi, je ferai tout ce que je pourrai, afin que vous soyez bien belle et que Cyprien en soit heureux.

CATHERINE.

Geneviève !...

JÉROME, *paraissant au fond.*

Mam'zelle Geneviève.

GENEVIÈVE.

Ah ! c'est vous, père Jérôme; que me voulez-vous ?

JÉROME.

C'est une lettre de Lyon, que je vous apporte, mam'zelle. (*Il lui donne une lettre et sort.*)

GENEVIÈVE, *regardant la lettre.*

Une lettre de Lyon, pour moi ? qu'est-ce que ça peut-être ? (*Elle ouvre la lettre et la lit tout bas; sa figure marque de l'étonnement d'abord; puis, elle pousse un cri déchirant et tombe sur une chaise, la tête dans ses mains.*)

CATHERINE.

Geneviève? qu'avez-vous donc? Geneviève, repondez-moi. Elle se tait? Qu'est-ce donc? Oh! pour la consoler, il faut que je sache... (*Elle ramasse la lettre que Geneviève a laissé tomber. et lit.*) « Mademoiselle Geneviève, avant de mourir, je veux » vous dire adieu, ainsi qu'à votre sœur. J'ai été bien coupa- » ble; mais, si Dieu m'avait laissé vivre, j'aurais réparé ma » faute... Fatale nuit!... je sens que la mort approche... il fau- » dra envoyer l'enfant à Paris chez... » Plus rien!... (*Voyant Geneviève revenir à elle, elle replace vivement la lettre où elle était.*) Vous sentez-vous mieux, Geneviève?

GENEVIÈVE.

Oui. (*Ramassant la lettre et la mettant dans la poche de son tablier.*) C'est une lettre qui m'apprend une nouvelle à laquelle je ne m'attendais pas et qui m'a fait bien du mal.

CATHERINE.

Puis-je vous aider de mes soins, de mes conseils?

GENEVIÈVE.

Non, je vous remercie; je vous demanderai seulement de prier madame Bélan de venir ici tout de suite; j'ai à lui parler!

CATHERINE.

Je vais le faire, Geneviève; à revoir. (*A part.*) Je comprends tout, maintenant! v'là pourquoi elle n'a pas voulu épouser Cyprien! qu'est-ce qui aurait cru ça! (*Elle sort.*)

SCÈNE IV.

GENEVIÈVE, puis LA MÈRE BÉLAN.

GENEVIÈVE, *seule, elle relit la lettre.*

Non, non, c'est impossible! cette lettre est un mensonge... ou bien il faudra douter de tout, alors!

(*La mère Bélan paraît au fond.*)

GENEVIÈVE.

Ah! vous voici!

LA MÈRE BÉLAN.

Oui, je viens de rencontrer ma nièce qui m'a dit d'un air troublé que vous me vouliez tout de suite.

GENEVIÈVE.

Mère Bélan, lisez cette lettre. (*Elle la lui donne.*)

LA MÈRE BÉLAN, *après avoir lu.*

Ciel!

GENEVIÈVE.

Maintenant, répondez-moi; celui qui a écrit cette lettre a-t-il eu le droit de l'écrire? ou bien a-t-il menti lâchement?... Eh! bien, vous vous taisez?... C'est donc vrai, mon Dieu!

LA MÈRE BÉLAN, *très-bas.*

C'est vrai!

GENEVIÈVE.

Oh! Josette!... moi, qu'elle appelait sa mère! moi qui ai renoncé pour elle à mon amour, au bonheur de toute ma vie, elle a pu me tromper ainsi!... et c'est à vous, une étrangère, qu'elle est allée se confier! (*Elle s'assied.*)

LA MÈRE BÉLAN.

Non, Geneviève; elle ne m'a rien dit non plus... mais à sa pâleur, à sa figure, j'ai deviné la faute, en devinant le châtiment.

GENEVIÈVE.

Mais qui donc?...

LA MÈRE BÉLAN.

Vous savez, ce jeune soldat blessé qui est venu loger chez nous, il y a un an... je voyais qu'il avait l'air de faire la cour à la petite, et un jour je lui parlai là-dessus sévèrement, mais il me jura que, s'il voulait plaire à Josette, c'était pour l'épouser. Ça ne m'empêcha pas de veiller sur elle et d'exiger qu'ils ne se parleraient que devant moi... Ça dura comme ça pendant quelque temps; l'orsqu'un beau jour, il reçut l'ordre de rejoindre son régiment; il fallait obéir. Il jura à Josette de revenir à la fin de la campagne, et il partit; c'était justement le lendemain de votre départ; mais il revint le soir même à mon insu; c'est Josette qui me l'a dit ensuite... Depuis ce jour-là, Josette devint triste... elle ne faisait que pleurer, parce qu'elle ne recevait pas de réponses à ses lettres; moi, je la consolais de mon mieux... mais, vous savez, on a beau dire; quand le cœur souffre, il n'entend que sa souffrance... Enfin, Josette a pris la fièvre et le délire; et, la veille de votre retour, elle mourrait dans mes bras...

GENEVIÈVE.

Mais je suis donc maudite! ma sœur perdue! et notre nom deshonoré! car on dira dans le pays, voilà comme sa mère l'a élevée! voilà comme sa sœur a veillé sur elle!... Oh! je ne resterai pas ici plus long-temps!

LA MÈRE BÉLAN.

Oh! ne craignez rien! il n'y a que moi qui sais la vérité... Et, la preuve, c'est les fleurs qu'on vient de porter là-bas.

GENEVIÈVE.

C'est vrai... Merci de ce que vous avez fait, mère Bélan! La mémoire de Josette, c'est tout pour moi, voyez-vous! et plutôt que de la voir outrager, ah! je ne sais pas ce que je ferais!

LA MÈRE BÉLAN.

Allons, vous avez besoin d'être seule... je vous laisse... mais je ne m'éloigne pas... Du courage, ma fille, du courage.

(*Elle sort par la droite.*)

SCÈNE V.

GENEVIÈVE, puis CYPRIEN.

GENEVIÈVE.

Du courage!... ah! je n'en plus!... A vingt ans, j'étais orpheline; mais il me restait une sœur, un fiancé... Un jour, voilà ma sœur qui me défend d'être heureuse... J'obéis, moi; et je me dis: je vivrai pour elle; et, maintenant, voilà que je n'ai plus de sœur non plus! Enfin, je n'ai plus rien, quoi! je n'ai plus rien! (*En disant cela, elle regarde autour d'elle, et aperçoit Cyprien, qui vient d'entrer par le fond.*) Cyprien! Cyprien!

CYPRIEN.

Oui, mamzelle, c'est moi; j'ai appris là-haut le grand malheur qui vous est arrivé, et quoique dans le temps, vous m'ayez fait de la peine, je sais bien, qu'au fond, vous ne pouvez pas me détester, parce que je ne vous ai jamais fait rien de mal, moi; et puis, malgré ce qui s'est passé, je n'ai pas oublié que je suis votre ami d'enfance; alors, je me suis dit: Geneviève est dans le chagrin; je vas lui dire que j'y prends part, et v'là pourquoi je suis venu.

GENEVIÈVE.

Ah! vous avez eu là une bonne pensée et je vous en remercie.

CYPRIEN.

Dame! j'aimais bien Josette, moi; et je n'ai jamais eu de colère contre vous. Les parents ne voulaient pas qu'elle vienne chez nous; elle n'a pas voulu que vous la quittiez; vous ne pouviez pas agir autrement; seulement, c'est bien malheureux qu'on ne sache pas l'avenir. Car, si j'avais su... mais on ne sait pas; on agit d'après les autres... on se laisse pousser... et puis, quand on se retourne, on voit le bonheur qui est de l'autre côté... on n'a plus qu'à étendre la main pour le prendre.. et, on ne peut pas... parce que... parce qu'il y a quelque chose qui en empêche.

GENEVIÈVE.

Oui, je sais que vous allez vous marier, Cyprien.

CYPRIEN.

Quoi! vous le savez?

GENEVIÈVE.

C'est Catherine qui me l'a dit.

CYPRIEN.

Catherine!... c'est elle qui vous a dit ça? elle! à vous?...

GENEVIÈVE.

Elle sort d'ici; elle est venue m'acheter sa ceinture de noce; et c'est ainsi que j'ai appris...

CYPRIEN.

Elle a fait ça! sachant ce qui s'est passé autrefois! sachant que je vous ai aimée et que vous m'aimiez aussi!... et elle choisit justement le temps où vous êtes dans la peine pour venir vous acheter des rubans de noce!... nom d'un nom!!!...

GENEVIÈVE.

Ne l'accusez pas, Cyprien; elle croyait que je savais la nouvelle. Et puis, elle n'avait pas trouvé ailleurs...

CYPRIEN.

Elle pouvait bien aller à la ville voisine! elle pouvait attendre! oh! je ne ne suis pas pressé, moi! je lui aurais donné tout le temps!... elle le sait bien!... elle sait bien que je ne l'aime pas! et que ce n'est que par chagrin, par dépit, à force d'être tiraillé que j'ai fini par dire oui!... mais, il n'y a encore rien de fait!...Pour avoir agi de la façon, faut que ça soit une méchante fille! Et pourquoi donc que j'épouserais une méchante fille? Non, je n'en veux plus! et tout est fini. (*Courant à la porte du fond*) Pierre! Pierre

GENEVIÈVE.

Cyprien !...

CYPRIEN.

C'est not' garçon de ferme.

PIERRE, *entrant.*

Vous m'avez appelé, not' maître ?

CYPRIEN.

Pierre, tu vas porter chez la Catherine la lettre que je vas te donner.

GENEVIÈVE.

Mais Cyprien !...

CYPRIEN.

Laissez-moi faire, mam'zelle. (*Il s'assied à la table et écrit.*) « Mam'zelle Catherine... vous êtes... vous êtes une grande sans cœur, une mauvaise, et je ne veux plus de vous ?... Votre affectionné, Cyprien. » (*A Pierre.*) Toi, porte lui ça, et vivement. (*Pierre sort.*)

CYPRIEN.

Pierre !

PIERRE, *revenant.*

Plaît-il not' maître ?

CYPRIEN.

N'y a pas de réponse. (*Il sort.*)

GENEVIÈVE.

Mais Cyprien, perdez-vous la raison ?

CYPRIEN.

Je ne perds rien du tout ! maintenant, vous n'avez plus de motif pour me repousser, au contraire! car vous v'là seule à c' t' heure, vous péririez d'ennui et de chagrins ! et je ne veux pas de ça ! Dans deux heures, nous serons à Montagnol ; et, dans huit jours, vous serez madame Cyprien !

GENEVIÈVE.

Mon ami, par pitié, ne me tentez pas ! ne me montrez pas tant de bonheur ; Catherine a votre parole et vous ne lui ferez pas l'injure...

CYPRIEN.

Avec ça que je me gènerais pour elle, après ce qu'elle a fait ! et puis, ma parole, est-ce que vous ne l'aviez pas la première ? et, quand même, je me moque bien de ce qu'on dira, moi ! Depuis un an, voyez-vous, je ne vis plus, je ne mange plus, je ne fais que pleurer soir et matin ! ça ne peut pas durer comme ça ! je vous aime et vous m'aimez, pas vrai ? Eh bien ! vous allez me suivre au chalet d'amité, ou sinon, aussi vrai que je m'appelle Cyprien je prends mon bonheur sur mon dos, et je l'emporte avec moi ! (*En disant cela, il a entouré Geneviève de ses bras. Catherine paraît, suivie de paysans et de paysannes.*)

CATHERINE.

Eh bien, ne vous gênez pas !...

GENEVIÈVE, *reculant.*

Catherine !

SCÈNE VI.

LES MÊMES, CATHERINE, PAYSANS et PAYSANNES.

CATHERINE, *à Geneviève.*

Où alliez-vous donc comme ça, mam'zelle?

CYPRIEN.

Ne craignez rien, Geneviève, je suis là ! Qu'est-ce que vous demandez, mam'zelle Catherine?

CATHERINE.

Mais je demande à mademoiselle où elle va comme ça avec les fiancés des autres.

CYPRIEN.

Elle va à Montagnol, au chalet du père ! Êtes-vous contente?

CATHERINE.

Vous ne devez pas le penser, monsieur Cyprien.

CYPRIEN.

Ah ! ça ! vous voulez donc que je vous dise devant tout le monde, ce que je vous ai écrit tout-à-l'heure ; que vous n'avez pas de cœur ! et que je ne veux plus de vous ! Eh bien ! si c'est ça qu'il vous faut, vous v'là servie à souhait.

CATHERINE.

Et vous me laissez traiter comme ça, mademoiselle Geneviève, vous ne trouvez rien à dire pour me défendre ?

GENEVIÈVE.

Que voulez-vous que je dise, Catherine? je suis au désespoir de ce qui arrive, et je prends monsieur Cyprien à témoin des efforts que j'ai faits pour qu'il en soit autrement.

CATHERINE.

C'est trop de bonté à vous, mademoiselle ; je ne prends pas les gens de force et je renonce de grand cœur à monsieur Cyprien. Mais je ne veux pas qu'il soit la dupe d'une fille perdue !

CYPRIEN.

Vous avez dit?

CATHERINE.

J'ai dit...

CYPRIEN,

Oh ! ne le répétez pas ! parce que j'oublierais que vous n'êtes qu'une femme et je serais capable...

CATHERINE.

Eh bien ! je le répète !... et la preuve !... (*En disant cela, elle s'élance vers Geneviève, et lui arrache la lettre de sa poche.*) la preuve ! la voilà !

GENEVIÈVE.

Ciel !...

CATHERINE.

Ecoutez un peu !... (*Elle rit.*) « Mam'zelle Geneviève, avant « de mourir, je veux vous dire adieu, ainsi qu'à votre sœur. « J'ai été bien coupable; pardonnez-moi. Si Dieu m'avai laissé « vivre j'aurais réparé ma faute ! »

CYPRIEN, *vite.*

Y a çà ?

CATHERINE, *lui passant la lettre.*

Lisez !...

GENEVIÈVE.

Quoi! vous penseriez ?

CATHERINE.

Je pense que le joli soldat, qui logeait en face, et qui est justement parti le lendemain de votre départ, était votre amant, mam'zelle. (*Aux paysans.*) Vous vous étonniez de son voyage et de sa longue absence, vous autres ; eh bien ! la voilà expliquée, il fallait bien cacher sa faute ; après quoi, on revient toute pimpante au pays et on tâche de voler leurs fiancés aux honnêtes filles.

PIERRE.

Dites donc quelque chose, mam'zelle Geneviève?

TOUS.

Oui ! oui !

GENEVIÈVE, *chancelante.*

Cyprien... Est-ce que vous me croyez coupable, vous ?

CYPRIEN, *ahuri.*

Moi ?... non... je... Quoique cette lettre...

CATHERINE, *la reprenant.*

Mais, pour donter, faudrait être aveugle ou ne pas savoir lire. (*A Geneviève.*) Voyons, cette lettre est-elle adressée à vous ou à une autre? Quand vous l'avez reçue, êtes-vous tombée oui ou non sans connaissance ? Mais répondez-donc !

CYPRIEN.

Mais... défendez-vous donc, Geneviève.

TOUS.

Oui ! oui !

CATHERINE.

Attendez un peu... elle est si troublée ; si honteuse quelle n'a pas encore eu le temps de trouver un mensonge ; tenez, si vous voulez je vais vous en trouver un, moi... à votre place j'accuserais Josette.

GENEVIÈVE.

Josette !

CATHERINE.

Elle ne pourra pas vous démentir ; et vous serez madame Cyprien.

GENEVIÈVE, *à part.*

O ma sœur, ma sœur ! (*Cyprien s'avance lentement vers elle ; Geneviève recule d'un pas.*)

CYPRIEN.

Oh ! n'ayez pas peur, mam'zelle ; mais... je vous dis adieu...

PIERRE, *excité par Catherine qui est remontée.*

Mais... c'est une malheureuse ! qu'est pas digne de rester dans le pays ; faut la chasser d'ici.

TOUS.

Oui ! oui !

SCÈNE VII.

LES MÊMES, LA MÈRE BÉLAN.

LA MÈRE BÉLAN, *entrant de droite.*

Eh bien, mes enfants ; qu'est-ce qu'il y a donc? d'où vient tout ce bruit ?

PIERRE.

C'est la Geneviève qui a eu des intrigues avec un militaire.

LA MÈRE BÉLAN.

Ah ! ça Pierre, est-ce que tu radotes ?

PIERRE.

Tenez, v'là comme je radote, moi... (*Il lui passe la lettre.*)

LA MÈRE BÉLAN.

Ah ! je comprends ; mais cette-lettre là...

CYPRIEN, *vite.*

Parlez !

GENEVIÈVE, *bas et vivement.*

Silence, mère Bélan, silence, au nom du ciel !

LA MÈRE BÉLAN.

Mais...

GENEVIÈVE.

Silence !

CYPRIEN.

Ainsi, mam'zelle, vous n'avez rien à me dire, avant que je parte ?

GENEVIÈVE, *avec effroi.*

Rien.

CYPRIEN.

Adieu, alors. (*Aux paysans.*) Quant à vous, passez devant moi ; c'est une malheureuse, mais je ne veux pas qu'on y touche ! c'est mon idée ! allons, ho ! (*Il les pousse devant lui ; tous sortent en menaçant Geneviève du geste. Pierre, ne sortant pas assez vite, Cyprien lui envoie dans le derrière un immense coup de pied, qui le jette dehors ; puis, il se retourne une dernière fois et sort.*)

SCÈNE VIII.

(*Musique depuis le commencement de la scène jusqu'à la fin.*)

GENEVIÈVE, LA MÈRE BÉLAN.

LA MÈRE BÉLAN.

Ah ! ça, Geneviève, je vous ai obéie ; mais perdez-vous la raison ? Quoi ! vous laissez croire que vous êtes coupable, vous vous laissez injurier, quand vous n'avez qu'un mot à dire...

GENEVIÈVE.

Ce mot, je ne le dirai jamais !

LA MÈRE BÉLAN.

Et pourquoi donc ?

GENEVIÈVE.

Pourquoi ? parce que je ne veux pas qu'on insulte à la mémoire de ma sœur ! parce que je ne veux pas qu'on aille arracher les couronnes blanches de son tombeau !

LA MÈRE BÉLAN.

Mais, malheureuse, vous ne pensez donc pas au mépris que le monde va avoir pour vous injustement ?

GENEVIÈVE.

Je le sais... mais j'ai ma conscience pour moi et cela me suffit ! Vous, mère Bélan, vous me jurez par votre salut que vous garderez le secret, n'est-ce pas ?

LA MÈRE BÉLAN.

Vous le voulez, Geneviève ?

GENEVIÈVE.

Je le veux.

LA MÈRE BÉLAN.

Eh ben, je vous le jure !

GENEVIÈVE.

C'est bien ! je vais dire adieu à ma petite sœur ; et, dans une heure, j'aurai quitté le pays. (*Elle s'éloigne suivie de la mère Bélan*).

Fin du deuxième Acte.

ACTE III.

Le théâtre représente la cour d'une métairie. — A gauche, un chalet auquel on arrive par un escalier de bois. — A droite, une grange pleine de foin, ouverte du côté du public. — Au fond, cinquième et sixième plans, des montagnes praticables couvertes de neige.

SCÈNE I.

(*Au lever du rideau, il fait petit jour ; le vent souffle avec fureur ; la neige tombe à gros flocons. — Geneviève paraît au sommet de la montagne, marchant avec peine, luttant contre l'ouragan et se retenant tantôt à un sapin, tantôt à un rocher. Le vent redouble ; elle descend comme emportée par la tempête et entre en scène. Elle est en haillons, les pieds nus, les cheveux en désordre.*)

GENEVIÈVE, *seule.*

Ah ! je n'ai pas la force d'aller plus loin !... où suis-je donc ici ? c'est sans doute une métairie ; et l'on ne me refusera pas un abri pour quelques heures ? mais il fait encore nuit et personne n'est levé... (*Elle écoute.*) Non, je n'entends rien. Oh ! que j'ai froid ! que faire ? Ah ! cette porte ! (*Elle ouvre la porte de droite et entre à tâtons.*) De la paille ! du foin ! c'est une grange ! Oh ! comme il fait bon là dedans ! je peux bien m'y reposer et m'y réchauffer un peu. (*Elle s'assied dans le fond à droite.*) Ah !... il était temps ! (*Elle s'étend sur la paille et s'endort peu à peu. Jean Pitou, coiffé d'un énorme bonnet de coton, passe sa tête par une lucarne, pratiquée dans le toit de la grange.*)

SCÈNE II.

GENEVIÈVE, *endormie dans la grange.* PITOU, *à sa lucarne.*

PITOU.

Tiens !... il a tombé du coton !... Oh ! le joli coton ! j'espère qu'il est blanc, celui-là ; quel dommage que ça ne soit pas bon teint et que ça passe au soleil ! mais on dirait que le vent a soufflé c'te nuit ? mais oui qu'il a soufflé !... même qu'il a emporté le grand sapin... oh ! un sapin qui aurait pu tirer à la conscription, le même jour que mon grand père... pauvre sapin ! (*Bâillant.*) Allons, il ne fait pas un temps à se promener : j'vas me recoucher. (*Catherine paraît au fond.*)

SCÈNE III.

LES MÊMES, CATHERINE. (*Jour.*)

CATHERINE.

Comment te recoucher ? Tu ne sais donc pas que sept heures viennent de sonner à l'Ermitage, grand paresseux ?

PITOU, *de sa lucarne.*

Non, mam'zelle Catherine, non, je l'ignorais entièrement. Ça va bien, mam'zelle Catherine ?

CATHERINE.

Allons, soit moins poli et descends plus vite.

PITOU.

Oh ! ne vous fâchez pas le jour de votre mariage, ça vous porterait malheur.

CATHERINE.

Est-ce que je me fâche, nigaud...

PITOU.

Nigaud ? Pitou, mam'zelle Catherine ; je m'appelle Pitou.

CATHERINE.

Allons descends, que je te dis ; tu sais bien qu'il faut que les foins soient chargés et rendus avant midi.

PITOU.

Je mets mes jarretières, et je suis à vous... quoique je pensais qu'un jour comme aujourd'hui, on ne se livrait aucunement à aucune espèce d'aucun travail... Enfin ! là... v'là que ça y est... je descends (*Il entre en scène.*) A vos ordres, la bourgeoise ; quand je dis la bourgeoise, vous ne l'êtes pas encore ; mais vous le serez dans deux heures. (*Il rit.*)

CATHERINE.

Qu'est-ce qui te fait rire ?

PITOU.

Rien.

CATHERINE.

Imbécille, voyons tu vas me passer les bottes de foin ; moi, je les rangerai sur la charette.

PITOU.

Vous, mam'zelle Catherine... Ah ! je comprends... c'est pour flatter les parents ; c'est pour faire semblant d'être une bonne ménagère.

CATHERINE.

Comment faire semblant ?

PITOU.

N' vous fâchez pas... moi je vas amener la charette devant la grange, pour ne pas tant m'échigner. (*Il remonte et disparaît derrière la grange ; pendant ce temps, Geneviève s'est réveillée et a prêté l'oreille.*)

GENEVIÈVE, *dans la grange.*

Je ne me trompe pas, on marche et on parle dans la cour. (*Elle se baisse et regarde par la fente de la porte.*) Catherine !... Catherine !! mais alors où suis-je donc ici ? Oh ! j'ai peur de deviner !

CATHERINE, *remontant.*

Eh bien ?

PITOU, *revenant avec une charrette à bras.*

Voilà, mam'zelle Catherine, voilà. (*Il place la charette devant la porte de la ferme.*)

GENEVIÈVE.

Ils viennent ici !... oh ! qu'elle ne me voie pas dans cet état ! (*Elle se blottit derrière une botte de foin au fond de la grange.*)

CATHERINE, *à Pitou.*

Tiens, tu n'as donc pas fermé la porte hier au soir ?

PITOU.

Si fait, mam'zelle,

CATHERINE.

Alors, comment se fait-il que la clavette soit ôtée

PITOU.

Je ne sais pas, moi ! c'est drôle tout de même ; est-ce que les loups seraient venus ?

CATHERINE.

En tout cas ils n'auraient pas ôté la clavette, imbécille !

PITOU.

C'est vrai ! dà ! qu'ils ne l'auraient pas ôtée !... Alors c'est peut-être des charmeuses !

CATHERINE.

Des charmeuses ?

PITOU.

Oui, des Bohémiennes qui jettent des sorts, qui brûlent les farmes et qui assassisent les veaux dans les bras de leurs mères ! Je ne sais pas ce que j'ai, la bourgeoise, mais je grelotte un peu.

CATHERINE.

Allons, poltron, travaille, ça te réchauffera.

PITOU.

Oh ! ce n'est pas que j'aie froid.

CATHERINE.

Voyons, en finiras-tu ?

PITOU.

Allons !,. (*Il entre dans la grange en tremblant et regarde de tous côtés.*) Je ne vois rien.

CATHERINE, *en dehors.*

Eh bien ! j'attends.

PITOU, *lançant une botte de foin dans la charrette.*

Une !

CATHERINE, *la rangeant.*

Une !

PITOU.

C'est tout de même drôle que la clavette... Deux !

CATHERINE.

Deux !

PITOU.

Je me rappelle encore que je me suis dit : N'oublions pas de mettre la clavette !

CATHERINE.

Quand tu voudras, Pitou ?

PITOU.

Trois !

CATHERINE.

Trois !

PITOU, *continuant ses réflexions.*

Alors, comment se fait-il qu'elle n'y soit plus ?...

CATHERINE.

Eh bien !

PITOU.

Voilà ! voilà ! (*Il prend une quatrième botte qui découvre Geneviève. — Celle-ci pousse un petit cri. — Pitou en pousse un grand et s'élance dans la cour comme une flèche.*)

CATHERINE à *Pitou.*

Eh bien ! qu'est-ce qui te prend donc ?

(*Pitou continue à beugler.*)

CATHERINE.

Répondras-tu, quand on te parle ?

PITOU, *échevelé.*

Là !... là !... une charmeuse ! qui mangeait les foins !... et qu'a des dents longues de ça ! (*Catherine fait un pas vers la grange.*) N'y allez pas, mam'zelle ! elle vous jettera un sort et vos cheveux se changeront en asperges.

CATHERINE.

Veux-tu bien me lâcher, imbécille ! (*Elle le pousse, entre dans la grange et se trouve en face de Geneviève, qui est tombée à genoux et se cache la figure de son mieux.*)

PITOU.

Ah ! elle est perdue ! au secours ! au feu ! au voleur ! (*Il se sauve en entraînant la charrette.*

CATHERINE, *dans la grange.*

Qu'est-ce que vous faites là ? mendiante, vagabonde !

GENEVIÈVE.

Pardonnez-moi si j'ai osé entrer dans votre grange, sans permission ; c'est que la tempête m'y a jetée à mon insu et malgré moi, mais je vais m'en aller. (*Elle fait quelques pas pour sortir.*)

CATHERINE, *lui barrant le passage.*

Ah ! mon Dieu ! cette voix... mais je ne me trompe pas !... Geneviève... Geneviève, ici ! dans cette misère !

GENEVIÈVE.

Eh bien, oui, c'est moi, Catherine ; mais je vous en supplie, laissez-moi partir. Je ne veux pas que... les autres me voient... Je ne veux pas !

PITOU, *paraissant à la porte de gauche.*

Par ici ! par ici !... Il est peut-être encore temps !

SCÈNE IV.

LES MÊMES, LE PÈRE ET LA MÈRE GIRARD.

LE PÈRE GIRARD, *à Pitou.*

Ah ça, t'expliqueras-tu à la fin !

PITOU.

Je vous dis qu'il y a des charmeuses dans la grange et que la future doit être être dévorée à l'heure qu'il est !

CATHERINE.

Tais-toi donc, imbécille !

PITOU, *désappointé.*

Tiens !... la voilà en chair et en os ! c'est donc pas des charmeuses ?

CATHERINE.

Non, grand nigaud ! c'est une pauvre fille qui est venue s'abriter de la tempête, et qui ne demande qu'à continuer son chemin.

GIRARD.

Soit ; mais il ne sera pas dit qu'elle sera partie d'ici sans avoir senti le goût du pain et la chaleur du feu. (*Cyprien paraît au haut de l'escalier. — Girard prenant la main de Geneviève qui se cache derrière Catherine.*) Venez, mon enfant ; mais comme votre main tremble ? (*La regardant.*) Geneviève ?

LA MÈRE GIRARD, PITOU, CYPRIEN.

Geneviève ?

LA MÈRE GIRARD.

Ah ! c'est là cette fille qu'on appelle Geneviève et qui nous a causé tant de tourments !

GIRARD.

Quoi ! malheureuse ! vous avez le front après ce qui s'est passé...

GENEVIÈVE.

Oh ! je ne savais pas être chez vous !...

LE PÈRE GIRARD.

Dire qu'une fille qui était assez honnête pour ne pas garder un sou à son prochain, n'a pas craint de voler la considération et de vouloir entrer dans une famille de braves gens ! mais Dieu l'a punie, et c'est justice !

CYPRIEN, *qui a descendu lentement l'escalier.*

Ne lui faites pas de reproches, mon père.

GENEVIÈVE à *part.*

Cyprien !

CYPRIEN.

Elle m'a trahi et trompé, c'est vrai ! mais elle est si malheureuse !... (*Avec effort.*) et... je suis si heureux maintenant, qu'il ne faut pas l'injurier.

GENEVIÈVE, *suppliante*.

Oh! oui, monsieur Cyprien, vous êtes heureux, vous êtes bon, épargnez-moi et laissez-moi aller chercher mon pain ailleurs.

GIRARD.

Soit! mais remarquez bien le chemin pour n'y jamais repasser!... Allez, mam'zelle Geneviève, allez!....

SCÈNE V.

LES MÊMES, LA MÈRE BÉLAN.

LA MÈRE BÉLAN, *qui vient d'entrer par le fond en habits des dimanches, d'une voix retentissante*.

Geneviève!... quoi! cette malheureuse que vous traitez de la façon, c'est Geneviève? et vous souffrez qu'elle soit là devant vous, humble et courbée en deux? Mais vous devriez être à ses genoux!... (*Elle court à Geneviève et l'embrasse avec effusion*). Ah! je ne rougis pas d'elle, moi!

GENEVIÈVE.

Oh! taisez-vous! taisez-vous!

LA MÈRE BÉLAN.

Me taire? me taire?... Ah! c'est que c'est trop fort à la fin! Il y a trop longtemps que ça m'étouffait; mais vous croyan. morte, c'était pas la peine de flétrir l'une pour relever l'autre... Mais à présent que vous voilà vivante et injuriée... Oh! je dirai tout. (*Geste suppliant de Geneviève*.) Non, c'est plus fort que moi, voyez-vous! Eh bien! vous autres, savez-vous qui vous injuriez, qui vous méprisez de la sorte? c'est la plus honnête fille du pays! c'est la victime volontaire qui pâtit pour le mal qu'elle n'a point fait!...

TOUS.

Comment?

LA MÈRE BÉLAN.

La vraie coupable... si on peut appeler coupable une innocente qui n'a péché que par ignorance... la vraie coupable... c'est...

GENEVIÈVE, *se jetant devant elle*.

Mère Bélan, par pitié!...

LA MÈRE BÉLAN, *se dégageant*.

C'est sa sœur, c'est Josette!...

TOUS.

Josette!

GENEVIÈVE.

Ah! qu'avez-vous fait, mère Bélan!

LA MÈRE BÉLAN.

J'ai fait mon devoir, ma fille! oui, mon devoir! et je suis sûre que la pauvre Josette me pardonne dans le paradis. Maintenant si tous ces gens-là ne veulent pas me croire et vous rendre justice, venez chez moi, Geneviève; je vous prendrai comme ma fille, et je me glorifierai bien haut de partager mon toit et mon pain avec la meilleure créature qu'ait jamais fait le bon Dieu.

LE PÈRE GIRARD, *ôtant son chapeau*.

Pardonnez-nous, mam'zelle Geneviève.

(*La mère Girard et Catherine s'inclinent*.)

CYPRIEN, *fléchissant le genoux*.

Oh! je vous demande bien pardon aussi, moi; car c'est moi le plus coupable d'avoir cru ça... Quelque chose me disait bien qu'il devait y avoir un mystère là dessous; mais v'là ce que c'est de ne pas avoir plus de finesse et de jugement.

LE PÈRE GIRARD.

Pauvre Geneviève! mais comment se fait-il que vous soyez dans un pareil état?

GENEVIÈVE, *à la mère Bélan*.

Vous savez qu'en quittant Valneige où je ne pouvais plus rester, j'entrai à Grenoble au service d'une femme veuve. Elle était bien un peu regardante; mais sa fille était si douce et si bonne, que je me plaisais bien dans leur maison. J'y étais depuis trois mois quand un marchand ambulant de Valneige vint dans la maison pour offrir de la toile. Je ne sais pas ce qu'il dit de moi, ou plutôt je m'en doute bien... Enfin, le lendemain, j'étais sans place. La fille de ma maîtresse m'avait remis une lettre pour une personne de Lyon; je partis, mais il neigeait, le froid me prit en route, et je fus forcée d'entrer à l'hôpital. Une fois guérie, j'aurais bien voulu y rester comme sœur de charité, mais pour cela il fallait de bons renseignements et une dot! Je n'avais pas une obole, car une méchante femme dont le lit était à côté du mien, m'avait volée pendant que je dormais...

Que faire?... que devenir?... Alors, il faut bien le dire, je fus forcée pour vivre de tendre la main aux passants. (*Elle se lève*.) Seulement, j'évitais les grandes villes, et je n'entrais que dans les villages, parce que, voyez-vous, là où il y a plus de misère il y a plus de pitié et moins d'affront. C'est pourquoi quand on baisse la tête, il vaut mieux passer sous les petites portes que sous les grandes; et quand l'ouragan de cette nuit m'a poussée dans cette grange, j'allais toujours, montant de plus en plus, parce que les plus hautes montagnes, étant plus près du ciel, il doit y avoir la plus de charité.

GIRARD, *la voyant chanceler*.

Mais, qu'est-ce qu'elle a donc?

LA MÈRE BÉLAN, *la soutenant*.

Pardine, elle a, qu'elle tremble de froid, allons, Geneviève, venez reprendre un peu de force.

LA MÈRE GIRARD.

Venez, mon enfant! venez!...

(*Geneviève sort suivie de la mère Bélan, du père et de la mère Girard*.)

PITOU, *pleurant*.

Pauvre fille!... et moi qui la prenais pour une voleuse! Oh! Pitou, vous devriez rougir! (*Il sort par le fond en beuglant*.)

SCÈNE VI.

CYPRIEN, CATHERINE.

(*Cyprien a suivi des yeux Geneviève, quand elle a disparu, il s'asseoit sur la première marche de l'escalier, la tête dans ses mains, un temps de silence*.)

CATHERINE, *après l'avoir observé*.

Cyprien! Cyprien!

CYPRIEN.

Hein? plaît-il.

CATHERINE.

Qu'est-ce que vous faites donc là?

CYPRIEN.

Moi! rien... je me reposais un peu.

CATHERINE.

Vous venez de vous lever.

CYPRIEN.

Je veux dire que je me suis assis là, en songeant à ce qui vient de se passer.

CATHERINE.

C'est une drôle de chose, tout de même.

CYPRIEN, *se levant*.

Oui c'est drôle... et c'est heureux.

CATHERINE.

En quoi donc?

CYPRIEN.

En ce que, sans ça, on aurait peut-être jamais su ce qui en en était, et on aurait continué à mépriser et à agonir un pauvre ange du bon Dieu qu'on devrait adorer à genoux... et à deux genoux que je vous dis!

CATHERINE.

Ah ça, Cyprien, est-ce que vous allez encore me planter là pour elle comme l'autre fois?

CYPRIEN.

Oh! ne craignez rien, Catherine! je connais mon devoir. Quand je vous ai eu dit, devant tout le monde, ce que vous savez, j'ai compris qu'il me fallait réparer le tort que je vous causais... et, vous pouvez être tranquille, je ne me dédirai plus.

CATHERINE.

Oh! je sais que vous êtes un honnête homme, Cyprien; mais, vous comprenez, si je pensais que vous aimiez encore Geneviève...

CYPRIEN.

Moi?

CATHERINE.

Vous ne l'aimez plus, n'est-ce pas Cyprien?... vous ne l'aimez plus?

CYPRIEN, *avec effroi*.

Non c'est fini tout-à-fait fini! Il est bien certain que, sans ce qui est arrivé, je n'aurais jamais eu d'autre femme qu'elle; mais quoi! c'est un malheur, v'là tout.

CATHERINE.

Hein ?

CYPRIEN.

Et quand je pense qu'elle va être réhabilitée ! que tout Valneige va se porter au devant d'elle et que toutes les mères la montreront à leurs filles, comme un exemple ! ah !... ça me rend joyeux ! ça ne paraît pas ?

CATHÉRINE.

Non !

CYPRIEN.

Mais ça me rend bien joyeux !... Et puis, parmi les garçons, ça sera à qui voudra l'avoir pour femme ; elle va être fêtée, entourée courtisée par tous ; jusqu'à ce qu'elle en ait choisi un... et, alors, elle sera bien heureuse... et moi je serai...

CATHERINE,

Eh bien ?...

CYPRIEN.

Je serai content !

CATHERINE, qui l'a observé attentivement.

Allons ! je vois avec plaisir que vous ne l'aimez plus et que je puis être tranquille... mais nous sommes là à jaser et nous oublions que, dans un moment, tous nos amis vont arriver pour fêter nos fiançailles.

CYPRIEN.

Ah ! c'est juste ?

CATHERINE.

Est-ce que vous n'y pensiez plus ?

CYPRIEN.

Moi ? oh ! si fait !... j'y pense bien.

CATHERINE.

A la bonne heure ! allons, vite, Cyprien ! à votre toilette et moi à la mienne.

CYPRIEN.

Ça sera bientôt fait, allez !

CATHERINE.

Mais je n'entends pas ça, je veux que vous soyez bien beau pour me faire honneur !... Adieu, mon Cyprien, à bientôt, à bientôt ! (Elle sort par le chalet.)

SCÈNE VII.

CYPRIEN, seul.

Comme c'est beau ce que Geneviève a fait là !... Se dévouer pour une sœur ou pour une amie vivante, c'est bien sans doute, mais ça se voit tous les jours ; tandis que sacrifier son honneur et son repos à la gloire d'une morte, parce que, les morts, ça ne peut pas se défendre... oh ! n'y avait que ma Geneviève pour sentir et agir comme ça ! Oh ! oui n'y avait qu'elle, et elle m'aimait, cette Geneviève... et je... et je vais épouser Catherine !... C'est bien fait pour toi, animal. (Il se donne un coup de poing. Allant à son père qui entre.) Eh bien !... mon père ?...

SCÈNE VIII.

GIRARD, CYPRIEN.

GIRARD, à part.

A nous deux ! (Haut.) Je quitte Geneviève, Cyprien ; elle est tout-à-fait remise ; et elle va partir.

CYPRIEN.

Partir ? déjà !...

GIRARD.

C'est une fille sensée ; elle a compris que, pour elle comme pour Catherine, sa place n'était pas chez nous, un jour comme celui-ci... Elle m'a chargé de te dire adieu, mon garçon.

CYPRIEN.

Ah !... ainsi, je ne la verrai plus ?

GIRARD.

Non, ton devoir te le défend... Geneviève mérite ton estime ; et il est clair, qu'en la quittant, tu n'aurais pas pu t'empêcher de laisser voir un peu de chagrin ; je le comprends, mon garçon ; mais il ne le faut pas, à cause de Catherine, qui va être ta femme et à qui tu ne dois pas faire de peine.

CYPRIEN.

Vous avez raison mon père ; mais, si vous saviez...

GIRARD.

Allons, du courage, Cyprien, du courage !

CYPRIEN.

Oh !... j'en ai... j'en... j'en... (Il se jette en pleurant dans les bras de son père.)

GIRARD.

Oh ! je comprends ton chagrin, va ! mais t'y laisser aller aujourd'hui, ce serait faiblesse ; il ne faut pas. Cyprien, il ne faut pas ! Tu tiendras ta parole, n'est ce pas, mon fils ? et tu feras bon visage à Catherine ?

CYPRIEN.

Oui, mon père... je tiendrai ma parole.

(Bruit de violon et de Cornemuse dans le lointain.)

GIRARD, à part.

Brave garçon (Haut.) Mais v'la nos conviés qui arrivent ; je vas les recevoir au bas de la côte ; à bientôt, garçon, dépêche-toi ! (Il remonte, voyant Cyprien absorbé, il fait un pas vers lui ; mais il s'arrête et sort.)

SCÈNE IX.

CYPRIEN, PITOU.

CYPRIEN.

Oui, j'aurai du courage ! Oh ! il en faut ! mais j'en aurai ! je vas d'abord marcher un peu, pour me remettre du sang aux joues. (Il remonte.)

PITOU, paraissant au haut de l'escalier avec des habits à la main.

Où donc que vous allez comme ça, not' maître ?

CYPRIEN.

Où je vais ? Qu'est-ce que ça te fait, à toi ?

PITOU.

C'est que vous n'avez que le temps de vous habiller... Et je vous apporte vos hardes.

CYPRIEN.

C'est vrai, je n'y pensais plus.

PITOU.

Comment ? vous n'y pensiez plus ?

CYPRIEN.

Allons, donne.

PITOU.

Voilà, not' maître !

CYPRIEN.

Qu'est-ce que c'est que c't'habit-là ?

PITOU.

C'est votre habit neuf... votre Elbeuf neuf... vous savez bien ! celui que vous n'avez pas encore mis et que vous avez commandé l'an dernier, quand vous deviez épouser...

CYPRIEN.

Ah ! oui ! il est... il est trop petit, c't'habit-là.

PITOU.

Comment trop petit ? vous ne l'avez pas encore essayé ?

CYPRIEN.

Eh bien... il est trop grand, alors !

PITOU.

Mais...

CYPRIEN, criant.

Je n'en veux pas ! ni de ce chapeau là non plus ! Donne-moi ceux des dimanches, c'est tout ce qu'il faut.

PITOU.

Mais, not' maître !

CYPRIEN, criant.

M'as-tu entendu ?

PITOU.

Oui, not' maître, oui... (A part.) En v'là une idée... ce que c'est que le bonheur, pourtant ! ça rend fou, quoi !... ça rend fou ! (Il entre dans le chalet.)

CYPRIEN, seul.

Oh ! non, par exemple ! J'ai promis de me marier ; mais plutôt que de mettre c't'habit là !... (Il se prend les cheveux à pleines mains.) Allons bon... c'était bien la peine d'avoir fait venir le perruquier de Villeneuve ! Bah ! ceux qui ne me trouveront pas bien comme ça, eh ben, ils le diront. (Il ramène ses cheveux sur ses yeux.)

SCÈNE X.

CYPRIEN.

(Tous les invités, hommes et femmes, paraissent au haut de la montagne en habits de fête, musique en tête conduits par le père Girard.

VOIX DE PAYSANS.

Nous v'là arrivés !... par ici !... par ici !... (*Ils entrent en scène.*)

CHOEUR.

HOMMES.

*Aujourd'hui c'est un beau jour,
C'est la fête de l'amour.*

TOUS.

*Ah ! ah ! ah ! ah ! ah !
Tant mieux
Pour les amoureux !*

LES FEMMES.

*Tant mieux pour les jeunes filles !
Car celles qui sont gentilles,
A la noce d'autrui,
Pourront trouver un mari.*

TOUS.

Ah ! ah ! ah ! ah !

LES HOMMES.

*Tant pis pour les moutons,
Les poulets, les pigeons;
Un jour de fiançailles,
Tant pis pour les futailles*

CYPRIEN.

En voilà qui sont gais ! ils ont de la chance !

GIRARD.

Comment, Cyprien, tu n'es pas encore prêt ?

CYPRIEN.

Pitou est allé me chercher mon habit, mon père...

GIRARD.

A la bonne heure. (*Bas.*) Tu sais ce que tu m'as promis ?

CYPRIEN, *de même.*

Soyez tranquille.

(*La mère Girard et la mère Bélan paraissent au haut de l'escalier.*)

LES PAYSANS.

Vive madame Girard ! vive la mère Bélan !

LES DEUX FEMMES.

Bonjour, mes enfants, bonjour.

UN PAYSAN.

Mais la mariée où est-elle donc ?

LA MÈRE GIRARD.

Elle vient, mes enfants, elle vient. (*La porte du chalet s'ouvre et Catherine paraît.*) Et tenez la v'là !

TOUS.

Ah ! ! !

CYPRIEN, *à part.*

Ah ! je voudrais être à cent pieds sous terre ! (*Il se tient à l'écart ; Catherine a descendu l'escalier, désignant Geneviève qui paraît en costume de mariée au haut de l'escalier.*)

CATHERINE.

Oui, mes amis, la mariée, la voilà !

TOUS.

Geneviève !

CYPRIEN, *se retournant brusquement.*

Geneviève ! Geneviève !

PITOU, *de sa croisée.*

Geneviève ! (*Pendant ce temps, celle-ci a descendu lentement l'escalier.*)

CATHERINE.

Eh oui, Geneviève ! Croyez-vous donc que je suis fille à épouser un homme qui ne m'aimerait qu'à moitié ? non ! non ! pour ces choses là, il faut que le cœur y aille tout entier; si non, vot' servante...

CYPRIEN.

Oh ! Catherine !... Catherine !... c'est à présent que je vous aime, allez ! (*Il l'embrasse avec fureur.*)

CATHERINE.

Eh ben ! Eh ben ! voulez-vous bien finir... Dites donc, Geneviève, croyez-vous encore que je me trompais ? (*Geneviève est en scène.*)

GENEVIÈVE, *tendant la main à Cyprien.*

Dame !... je commence à croire que non.

CYPRIEN.

Quoi ! mon père, vous saviez !... et je n'ai pas deviné...

GIRARD, *clignant de l'œil.*

Le paysan est malin.

PITOU, *par sa lucarne.*

Et ben, et vous, mam'zelle Catherine ?

CATHERINE, *tendant la main à Geneviève et à Cyprien.*

Moi ! j'élèverai leurs enfants !... Vive Geneviève ! vive la mariée !...

TOUS.

Vive Catherine ! Vive la mariée.

REPRISE DU CHOEUR.

Aujourd'hui c'est un beau jour, etc.

(*Tableau joyeux et animé.*)

FIN.

LAGNY. Imprimerie de A. VARIGAULT.